KB058669

자취의 맛

* 본문 중 일부는 저자의 표현에 따라 신조어를 사용하거나 맞춤법 원칙과 다르게 표기했습니다.

HOME ALONE

유튜버 자취남이 300명의 집을 가보고 느낀 것들

자취의 맛

자취남(정성권) 지음   21세기북스

각자의 방식으로 살아가는
다른 사람들의 집은 어떤 모습일까?

회사를 그만두고 나서 내가 뭘 하는 사람일까 생각해보면, 아마 우리나라에서 남의 자취집을 구경하러 제일 많이 방문한 사람이라고 소개할 수 있지 않을까 싶다. 유튜브 채널 '자취남'을 운영하면서 300군데가 넘는 자취집을 방문하고 그만큼 많은 1인 가구들을 만났다. 나이도, 직업도, 사는 곳도, 사는 방식도 다양한 가지각색의 구독자분들의 집을 촬영하고 소개하면서 누구보다 내가 가장 재미있었다. 그분들의 이야기가 늘 신선한 자극이 되었다. 그러면서 동시에 내 안에도 하고 싶은 이야기가 쌓여갔다. 다만 할 말은 너무 많은데 어떻게 정제해서 표현할 수 있을지 막연하던 차에, 마침 좋은 기회가 닿아 영상이 아닌 책으로 독자님들을 만나 뵙게 되었다.

　올해는 본격적으로 유튜브에 집중하기 시작하며 오히려 더 바쁜 시간을 보내고 있는 것 같다. 무엇보다 구독자님들에게 감사한 마음이 가장 크다. 내 채널의 콘텐츠는 혼자서는 절대 할 수 없고, 구독자님들과 함께 만들어가는 것이기 때문이다. 한 번은 방송사 다큐멘터리 작가분에게 연락이 왔는데, 1인 가구를 촬영하고 싶은데 섭외를 어떻게 하느냐고 물어보았다. 그때 새삼 또 깨달았다. 집을 보여주는 게 쉬운 일이 아닌데, 구독자님들이 마치 나를 친한 친구 초대하듯이 집으로 불러주는 게 얼마나 감사한 일인지 말이다. 채널 내에 '촬영문의 및 러브레터'라고 메일 주소를 간략히 적어뒀을 뿐인데, 어떤 분들은 PDF 파일까지 만들어 메일을 보내주시는 분들도 있다. 물론 러브레터는 아니고 집 사진이나 특징을 정성껏 눌러 담아 보내주시는 것이다. 그런 신청 메일을 읽다 보면 나도 벌써 친구가 돼서 그 집에 놀러 간 것처럼 내적 친밀감이 생겨난다.

　내가 어떻게 다시 보답할 수 있을까 고민하다가, 올해는 야심 차게 세 개의 프로젝트를 진행해보기로 했다. 하나는 에세이 출간이고, 또 하나는 온라인 클래스 오픈이다. 그리고 이를 통해 자금을 마련해서 세 번째 프로젝트를 진행할 생각이었는데, 바로 〈월세 지원 프로젝트〉다. 사회 초년생이나 대학생분들을 대상으로 1인당 1,000만 원씩 월세 지원을 해드리려는 계획이다. 내가 처음에 자취를 시작했을 때도 초반에 월세가 정말 큰 부담이었다. 물론 지금 내게도 굉장히 큰돈이지만 구독자분들 덕분에 성장한 만큼 다시 누군가의 자취를 지원해줄 수 있으면 좋겠다는 생각이 들었다.

나에게 집은 이제 정말 '모든 것'이 된 것 같다. 나 자신을 키우고 돌보는 곳이며 언제나 다시 돌아오는 보금자리인 동시에, 일과 일상과 휴식까지 집에 기대어 살아가고 있다. 사람은 어느 정도 환경의 영향을 받는다고 생각한다. 환경에 따라 내 생활 양식이나 가치관이 바뀌기도 하는데, 그중에서도 집은 나와 가장 가깝고 친밀한 환경이다. 내 공간을 어떻게 만들어가고 숨 쉬게 하느냐에 따라서 나도 내가 원하는 만큼 더욱 치열하게 변화하며 살아갈 수 있게 되는 듯하다. 그래서 나는 자취를 고민하고 있는 분들에게는 일단 부딪쳐보는 것도 괜찮다고 응원해드리고 싶다. 새로운 경험이고, 내가 몰랐던 나를 발견하는 계기가 될 수 있다.

물론 부모님이나 다른 누군가의 돌봄에 기대지 않고 혼자 살아낸다는 건 두려움과 책임감을 동반한 새로운 챕터가 열리는 일이기도 할 것이다. 최근에 유튜브 촬영을 하러 갔다가 어느 룸메님(구독자 애칭)께서 해주신 말이 있다.

"어두운 방 속에서 하는 생각은 가짜다."

자취를 하면서 혼자 있는 시간이 길어지고, 자기 전에 누워서 생각이 꼬리에 꼬리를 물다 보면 이상하게 점점 어두운 쪽으로 흘러갈 때가 있다. 회사를 그만둔 게 맞는 일이었을까? 앞으로 내 인생은 잘 흘러갈까? 낮에 밖에서 활동할 때는 나를 둘러싼 재미있는 일, 고마운 일, 기대되는 일들이 많고 긍정적인 생각을 하게 되는데 어두운 방 속에서는 가끔씩 아주 작아진 나를 만나게 된다. 그런데 그 말을 들으니 마음에 확 와닿으면서, 1인 가구들에게 필요한 한마디라는 생각이 들었다.

　　혼자 산다고 해서 고립되는 것이 아니라 내가 사는 모습을 보여주고 싶은 분들, 그리고 다른 사람은 어떻게 사는지 궁금한 분들이 만나는 지점이 '자취남' 채널이라고 생각한다. 앞으로도 '자취남'이 더 많은 자취인들과 각자 사는 모습을 나누고, 들여다보고, 서로 이야기할 수 있는 하나의 소통 창구가 될 수 있었으면 한다.

　　어두운 방에 불을 켜고, 사람 사는 이야기를 나눌 수 있는 장소가 되어드리고 싶다. 더불어 많은 자취인을 만나며 내 안에 차오르던 이야기를 담아낸 이 책도, 옆집 사는 자취남과 편하게 수다 떠는 마음으로 읽어주었으면 하는 바람이다.

CONTENTS

Part 1. 단 한 사람만을 위한 공간

온전한 1인분의 삶

독립, 본격적인 자유의 시작

나의 첫 독립은 무턱대고 시작됐다. 독립이란 부모님의 돌봄에 삶의 일부를 위탁하던 시절을 벗어나 하나부터 열까지 스스로 해야 한다는 뜻이니만큼, 미리 결정하고 준비해야 할 것들도 산더미다. 일단 살 지역부터 찾고, 주거 형태, 예산, 또 원하는 인테리어나 가구까지 온갖 요소를 재고 따지고 알아봐야 한다. 하나하나 고민해서 선택하고 또 포기할 것은 포기해가면서 비로소 나만의 안락하고 소중한 공간을 마련했다는 안도와 보람을 느끼는 것으로 독립의 첫날밤은 완성되기 마련이다. 더불어 조금은 낯선 외로움과 또 막연한 자유의 설렘이 뒤섞인 채 오묘한 마음으로 잠드는 밤, 그것이 바로 독립에서 느끼는 묘미가 아니겠는가.

하지만 당시 나의 독립에는 선택지랄 만한 것이 없었다. 친한 형이 살고 있는 오피스텔이 있었는데, 내가 다니던 회사에서 30분 거리로 우리 집보다 훨씬 가까웠다. 형은 주말에만 집을 쓴다고 해서, 나는 평일에만 쓰는 조건으로 한 달에 30만 원을 내고 들어가기로 했다. 그나마 가장 저렴하게, 가까운 곳에서 회사를 출퇴근할 수 있다는 이유로 독립이라기에는 다소 애매한 숙소 생활을 시작하게 된 셈이다.

회사가 가까워지니 출퇴근 시간이 줄어드는 것은 좋았지만 문제는 내가 홀로서기를 하기엔 아직 너무 가난한 신입 회사원이라는 점이었다. 나의 작고 귀여운 월급에서 교통비, 휴대폰 요금, 밥값 등을 빼고 나면 그나마 30만 원의 월세도 충당하기가 쉽지 않았다. 사회 선배들이 누구이 말하던 부모님 집에서 살아야 돈이 모인다는 게 무슨 뜻인지도 단박에 이해할 수 있었다. 숨 쉬는 것 빼고는 다 돈이었다. 아니, 숨만 쉬어도 매달 30만 원을 꼬박꼬박 지출해야 했다. 요즘은 대개 회식을 선호하지 않는 분위기지만 그때 회사에서 저녁 회식을 한다고 하면 오히려 속으로 쾌재를 불렀다. 밥을 친구랑 먹든 대표님이랑 먹든 아무튼 한 끼가 해결된다는 것만으로도 다행이었다.

결국 나는 경제적인 부담을 이기지 못하고 본가로 다시 들어갔다가,

몇 달 만에 다시 두 번째 독립을 시도했다. 그렇게 형편이 어려웠으면 그냥 본가에서 살면 될 텐데 왜 또 굳이 집을 나왔느냐고 묻는다면, 밤 10시가 되면 날 그리 찾으시는 부모님의 전화라든가…… 이미 맛봐버린 자유의 달콤한 같은…… 아무튼, 구구절절 이야기할 것 없이 다들 독립을 꿈꿀 때 가장 원했을 바로 그 이유다.

그렇게 두 번째로 집을 구했을 때가 비로소 나의 본격적이고 온전한 독립의 시작이라고 볼 수 있을 것 같다. 사실 친한 형과 함께 살 때도 주말과 평일을 나눠 쓰다 보니 마주치는 시간은 거의 없었다. 하지만 그럼에도 주말이 지나면 집안 살림의 위치가 약간씩 달라진다든가 서로 청소 습관이 다르다든가 하는 식으로 이 집이 공용의 공간이라는 감각은 분명히 있었다. 혼자 있어도 완전히 혼자 있는 공간이라는 느낌이 들지는 않았던 것이다.

그러나 이제 본격적인 홀로서기를 시작한 내 앞에는 비로소 완전한 자유의 레드카펫이 쫙 깔려 있었다. 자유! 청소나 설거지를 바로 할 필요도 없고, 주말에는 온종일 소파와 하나가 되어 있어도 눈치 볼 사람 하나 없고, 치킨 닭다리는 혼자 두 개를 다 먹어도 되는 그런 자유가 어떻게 달콤하지 않겠는가.

자유를 위한 책임의 발판

이 달콤한 자유의 레드카펫을 밟고 지나가려면 필히 넘어야 할 장애물들이 있다는 사실을 깨닫는 건 금방이었다. 이를테면, 한량처럼 소파에 누워서 스마트폰으로 와이파이를 잡고 유튜브를 보려면 일단 인터넷 신청부터 해야 한다는 자본주의적이고 귀찮은 현실 같은 것들 말이다. 그 인터넷 신청을 한다면 또 3년 약정을 해야 하는지, 사은품이나 현금 30만 원은 왜 준다는 건지, TV나 휴대폰 요금제와 연결해서 할인을 받아야 하는지 등등 어른들의 세상이란 복잡했다. 각 잡고 앉아서 하나씩 알아보고 따져볼 것투성이였다.

 또한 아무도 내 물건에 손을 댈 사람이 없다는 건, 내가 안 치우면 그 물건은 영원히 그 자리에 놓여 있다는 뜻이기도 했다. 마시고 난 음료 캔을 아무 데나 던져두면, 언젠가 재활용 박스에 들어가는 게 아니라 그냥 그 자리에서 발효한다. 수건에 발이 달려서 알아서 세탁기에 들어가지는 않았다. 물론 늘 차곡차곡 쌓여있던 수건도 당연히 그 자리에 있던 게 아니라, 내가 빨래를 돌리고 말리고 털어서 고이 접어놔야 하는 거였다. 샴푸가 다 떨어지면 다용도실에 구비되어 있는 재고를 들고 오면 되는 게 아니라 돈을 주고 구매해야 한다. 휴지는 써도 써도 화수분처럼 나오는 게 아니라 언젠가는 떨어지는 소모품이었다. 집들이 선물로 휴지를 받는 게 왜 유용한지를 알게 됐다. 자유, 그 달콤함 뒤에 따라오는 것은 외면하려 해도 신경이 쓰여 견딜 수 없는 책임감의 무게였다. 집에서 한껏 누워만 있어도 뭐라고 할 사람은 없는데, 그럼 밥은 누가 하고 청소는 누가 하지? 취업을 하고 처음 직장을 다닐 때 느꼈던, 사는 데 정말 필요한 건 왜 학교에서 하나도 배운 적이 없는가 하는 현타가 다시 밀려왔다.

하지만 동시에 이제야 정말 어른의 삶이 시작되고 있다는 걸 알 수 있었다. 책임질 것이 많아진다는 건 내가 비로소 내 한 몸을 먹고 살게 한다는 뜻이기도 했다. 제대로 된 살림이라기엔 어설프지만 인터넷을 신청하고, 도시가스 비용을 내고, 전기세를 아끼려고 불필요한 전등을 끄는 일이 그랬다. 그 흔한 감성 조명 하나 없어도, 냉장고에 들어 있는 게 물과 맥주뿐이더라도 여기가 바로 내 집이라는 게 중요했다.

혼자 살기 시작하면서 집이라는 공간과 처음으로 제대로 마주하게 된 기분이었다. 집이 유지되려면 끝없는 살림을 해야 하지만, 대신 이 공간은 내가 마음껏 활용할 수 있다. 별거 없는 곳이지만 친구들을 초대할 수 있다는 것도 좋았다. 특히나 코로나19 이후로는 밖에서 누굴 만나는 게 더 어려워졌는데, 내 집이 있으니 조금 더 편하게 만남을 가질 수도 있었다. 가장 좋은 점은 여자친구가 생겼을 때 괜히 쭈뼛거리며 구태의연한 "잠깐 쉬었다 갈래?"라는 멘트를 날릴 필요 없이, "우리 집에 가서 커피 한잔할래?"라는 자연스러운 멘트를 꺼낼 수 있다는 것이다. 진입장벽이 못해도 100배는 낮아지는 느낌…… 아무튼 아는 분들은 아시죠.

물론 아직도 돈은 없고 집을 꾸미는 요령도 없으며 무엇보다 집을 제대로 돌본 경험도 없었다. 좀 더 사회생활에 연차가 쌓이고 경제적인 여유가 생긴 뒤에 독립을 했다면 비교적 편하고 안락한 공간을 꾸릴 수도 있었을 것이다. 하지만 지금 돌아보건대 선택의 여지가 있다면 20대에 한 번쯤은 혼자 살아보는 것도 그때만 할 수 있는 의미 있는 경험이라는 생각이 든다. 꼭 멋지고 화려한 집이 아니더라도, 혼자 살기 시작했을 때에야 비로소 생존에 필요한 귀찮고 잡다한 일들을 모두 포함해 온전한 1인분의 삶을 책임질 수 있게 되기 때문이다.

그래서 궁금했다. 1인분의 삶을 각자의 방식으로 살아가고 있는 다른 사람들의 집은 어떤 모습일까. 나의 20대처럼 구색은 없지만 자유로울까? 지금의 나처럼 30대의 새로운 취향에 맞춰 완전히 새로운 형태를 시도해보고 있을까? 혹은 더 오랜 자취 경력이 쌓이면 또 어떤 선택과 고민으로 집을 꾸미고 살아가게 될까. 그렇게 유튜브로 다른 사람들의 집을 소개하면서 300가구 넘는 집을 방문해보았지만, 아직도 문을 열기 전에는 설렘이 앞선다. 이 집에 살고 있는 사람은 자신만의 독특한 색깔을 진득하게 덧칠하며 세상에 단 하나뿐인 공간을 만들어가고 있을 것이다. 그 집을 엿보는 것은 공간의 이야기를 듣는 일, 차곡차곡 쌓인 물건들의 이야기를 엿보는 일, 그 사람의 취향과 가치관 그리고 아주 사소한 일상의 이야기를 나누는 일이다.

> **NOTE** 혼자 살기 시작하면서 집이라는 공간과 처음으로 제대로 마주하게 된 기분이었다.

30대가 되면 독립 DNA가 발현된다

이건 국룰로 인정합시다

나는 20대에 자취를 시작했지만, 사실 그때 살던 집은 집이 아니라 숙소에 가까웠다. 아침에 일어나면 회사로 출근하고 집에 오면 쓰러져서 잠드는데, 집을 꾸미거나 무슨 의미를 부여한다는 건 가뜩이나 피곤한 나를 더 피곤하게 만드는 미션일 뿐이었다. 차라리 대학생 때라면 친구를 불러서 술 먹고 편하게 뻗어서 잘 수 있다는 사실만으로도 꽤나 신났을 텐데, 사회에 찌들기 시작한 피곤한 직장인은 그냥 회사 가까운 곳에 몸뉘일 곳 하나만 있으면 그만이었다.

　그러다가 유튜브를 시작하면서 사소한 계기로 사람들의 집을 방문하고 소개하는 영상을 촬영하기 시작했다. 처음에 친구가 자취를 시작했다길래 놀러간 김에 그 방을 소개하는 영상을 찍어서 올려봤는데, 의외로 사람들의 반응이 꽤 좋았던 것이다. 오피스텔에서 공간을 어떻게 쓰고 있는지 구석구석 보여주고 개인적으로 추천할 만한 자취 아이템도 소개하는 영상이었다. 그러고 보면 집이라는 곳이 굉장히 사적인 공간이다 보니 남들은 어떻게 살고 있는지 디테일하게 구경할 일이 생각보다 많지 않은 것 같다. 특히나 부동산에서 매물을 구경할 때처럼 텅 빈 집이 아니라, 실제로 사람이 살고 있고 그들이 나름대로 꾸며놓은 집은 친한 사이가 아니라면 거의 볼 기회가 없다. 그런 남의 집을 들여다본다는 게 마치 새로운 사람을 사귀는 일처럼 흥미로운 지점이 있었던 게 아닐까? 그런 의미에서 최초로 집 공개를 허락해준 친구에게 심심한 감사의 인사를 남긴다.

그렇게 지금까지 수많은 자취인들을 만나고 집을 소개하다 보니 내가 깨닫게 된 우주의 법칙이 하나 있다. 뭐냐면, 정확히 서른이 되면 인간은 슬슬 살던 집을 나와 독립을 꿈꾸게 된다는 것이다. 마치 우연히 일어난 어떤 사건으로 인해 자신도 모르던 초능력을 깨닫고 히어로로 각성하는 것과 비슷하달까? 내 통계상으로는 거의 국룰이라 해도 과언이 아니다. 물론 직장이나 학교가 멀다든가 하는 현실적인 이유도 있겠지만, 한편으로는 몸속 깊숙이 잠자고 있던 독립의 DNA가 그 무렵 기가 막히게 깨어나 스멀스멀 발현되는 것이 틀림없다.

아마도 사회 초년생 때는 사회에 적응하느라 바쁘다가, 점차 사회생활을 하다 보면 스스로 돈을 벌고 가치관이 형성되면서 진짜 어른이 되는 과정을 겪는 게 아닐까 싶다. 그 과정에서 나만의 생활 습관이나 취향이 뭔지 알게 되고, 기존에 살던 부모님과 트러블을 겪게 되는 경우도 적지 않다. 그런 사소한 이유들이 하나씩 쌓이다가 서른 즈음에 이르러 비로소 발현되는 거다. 작더라도 나만의 공간, 나만의 '월드'를 만들고 싶다는 꿈이. 물론 국룰 운운하긴 했지만, 신빙성은 높지 않은 지극히 개인적인 통계에 의한 것일 뿐 별다른 근거는 없다는 사실을 밝힌다.

그래도 실제로 만나보면 20대의 자취와 30대 이상의 자취는 조금 다르다. 아직 사회 초년생이고 경제적인 여유가 많지 않은 20대는 자유로운 공간이 생긴다는 것 자체에 만족하는 경향이 있다면, 아무래도 사회적으로 조금 더 자리를 잡고 경제적 여유도 생기는 30대부터는 집에 대한 가치관이나 취향이 보다 또렷하게 묻어나 있는 경우가 많았다. 초반에 막연하게 이것저것 시도해보며 나에게 맞는 인테리어나 생활 습관 등을 찾아가는 과정을 거쳐, 30대가 넘어가면 점점 내가 뭘 좋아하는지 알게 되고 그것이 집에도 분명하게 드러나는 것이다. 그래서 하다못해 가전이나 가구 하나를 살 때도 조금 무리해서라도 내 취향에 맞는 걸 구매하게 된다. 부모님과 함께 살 때는 결코 알 수 없는, 모델하우스 같은 표준형 집이 아니라 내게 딱 맞게 재단한 맞춤옷 같은 집을 만들어가는 것은 자취 경력이 무르익었을 때 느낄 수 있는 또 다른 즐거움이다.

30~40대 자취 선배님들의 집

확실히 집이라는 곳은 사람만큼이나 다양한 성격과 색깔을 가지고 있는 공간이다. 예전의 나처럼 잘 곳만 있어도 OK라는 분들도 있지만, 자신이 머무르고 살아가는 공간에 고유의 흔적을 남기고 온전히 자신을 위해 최적화한 공간으로 가꾸며 살아가는 분들도 있다. 특히 어느 정도 자취 경력이나 사회적인 경험치가 쌓인 분들의 집 중에는 정말 강렬하게 취향이 묻어나 있는 곳이 많았다. 처음에는 이런 집들을 보면서 나도 많이 놀랐다. 자취집은 다 똑같이 식탁, 컴퓨터, 침대 정도만 있는 공간일 줄 알았는데 집을 꾸미는 방법이 이렇게나 다양할 수 있구나. 기억에 남는 집들이 많지만, 그중에서도 40대에 접어드신 한 자취 선배님의 집에

갔을 때에는 특히나 오랜 자취 경력으로 쌓아온 내공이 느껴졌다. 치과 의사라서 그런지 집에서도 이과의 향기가 폴폴 났다. 집안의 모든 기기를 음성 인식으로 설정해 놓은 IoT 스마트 홈이었다.

"OK 구글, 영화 *끄기* 실행."
"네, 영화 *끄기* 활성화를 시행합니다."

"OK 구글, 불 다 켜줘."
"네, 조명 14개의 전원을 켭니다."

"OK 구글, 청소 좀 해."
"위이잉."

로봇 청소기, 조명, 프린터, 에어컨, 선풍기 등 집안의 모든 가전이 명령어 한마디로 작동했다. "영화 보자!" 한마디만 하면 커튼이 쳐지면서 빔 프로젝터가 켜지는 거다. 사실 초반 설정 자체도 누군가에게는 귀찮을 수도 있는 일인데, 한번 전반적으로 설정을 완성해놓고 그런 자잘한 일을 할 시간에 내가 하고 싶은 일에 더 집중하고 싶었다고 한다. 자신이 원하는 유형의 생활 패턴을 정확히 알고, 또 그걸 실현하는 능력도 있던 분이었다.

또 다른 송도의 원룸 오피스텔에 살고 있던 40대 감독님의 집도 나에게는 센세이션했다. 음향, 조명, 영상 등의 무대 감독 일을 하는 분이었는데, 집에 들어가자마자 음악 장비들부터 눈에 들어왔다. 큰 원룸인데 공간을 나눠서 한쪽에는 디제잉을 할 수 있는 커다란 테이블을 두고, 침대가 있어야 할 것 같은 자리에는 소파를 겸할 수 있는 소파 베드를 두었다. 내가 처음 자취를 했을 때라면 아마 절대로 이런 생각은 못 했을 것이다. 집이라면 당연히 소파가 거실에 있어야 하고, 잠을 자려면 침대도 꼭 따로 있어야 한다고 생각했다. 그런데 비교적 자취 경력이 길고 내가 뭘 필요로 하는지 경험치가 쌓인 분들은 자신의 라이프스타일에 걸맞은 가구들을 쏙쏙 골라 배치한다. 누구는 공간 활용을 위한 접이식 침대를 쓰고, 누구는 티비 대신에 큰 빔 프로젝터를 쓰는 식이다.

간혹 자취를 한다고 하면 대학생이나 고시생 등 나이가 어린 사람들이 잠시 '거쳐가는 곳'이라고 생각하는 경향이 있다. 하지만 이렇게 개성과 색깔이 뚜렷한 집을 본다면 생각이 달라지지 않을까. 혼자 사는 사람들에게도 집은 2인이나 4인 가구 등과 다를 바 없이 하루하루를 살아가는 공간이고, 나를 더욱 나답게 보여줄 수 있는 공간이 되기도 한다.

사실 어릴 때는 30대가 되면 집도, 차도, 가정도, 나의 미래도, 모든 게 완성되어 있는 시기일 줄 알았다. 지금 생각하면 터무니없는데……막상 30대가 되니 그보다는 이제 막 시작하는 때라는 느낌이 많이 든다.

겨우 슬슬 MBTI 없이도 내가 어떤 사람인지 알 것 같고, 앞으로 내가 원하는 일에 대해서도 조금씩 생각할 수 있게 됐다. 40대, 50대가 되면 또 뭐가 어떻게 달라질까? 그때의 내가 어떤 모습으로 성장했는지에 따라서 아마 나를 담고 있는 집의 모습도 달라져 있을 것이다. 이전에는 생각해본 적 없었던 미래의 내 집이 그래서 새삼 더 궁금해진다.

NOTE	남의 집을 들여다본다는 건 마치 새로운 사람을 사귀는 일처럼 흥미로운 지점이 있다.

나만의 집을 만나다

집에 얼마나 돈을 쓸 수 있나

한 번쯤 내가 살고 싶은 집, 꿈꾸는 집에 대해 로망을 품어본 분이 많을 것이다. 꽃무늬 없는 깨끗한 화이트 벽지에 북유럽풍 가구를 안락하게 배치한 집, 아침에는 여유롭게 커피도 한 잔 내려먹고, 영화 〈리틀 포레스트〉처럼 양파와 감자를 사각사각 썰어서 요리도 해먹고, 또 저녁에는 친구들을 초대해서 술도 한잔하는 그런 집.

그런 자취 로망과의 괴리를 깨닫는 첫 번째 순간은 부동산 앱에 접속해서 방 시세를 검색해볼 때다. 아니, 집이 이렇게 비싼 거였나. 특히나 내가 원하던, 상상하던 집을 구하기에는 현실의 장벽이 높아도 너무 높다. 정말 이 돈을 내고 여기서 살 건가, 아니면 부모님 잔소리를 좀 더 들으면서 때를 기다릴 것인가 심각하게 고민해보지 않을 수 없다.

어쨌거나 자취를 하려고 집을 구할 때 1순위로 고려해야 하는 것은 예산이다. 매달 임대료를 내야 한다면 우리는 집에 어느 정도의 비용까지 쓸 수 있을까? 고정적으로 지불할 수 있는 절대적인 금액 자체를 따져보는 것도 물론 중요하지만, 또 한편으로는 내가 집에서 어느 정도의 시간을 보내며 집에서 어떤 활동을 주로 하는지에 대해서도 고려해볼 필요가 있다.

하루 종일 밖에서 일을 하고 집에서 잠만 자는 사람이라면 사실상 고시원 정도의 환경도 상관없을 수 있다. 하지만 집에서 재택근무를 하거나 하루 종일 머무는 사람이라면 집에 그만큼 더 많은 지출을 하더라도 좀 더 좋은 환경이 필요할 수 있을 것이다. 적절한 월세나 전세 비용을 고민할 때 내가 집에서 머무는 시간에 대해서 간과하는 경우가 많은데, 집에 있는 시간이 중요한 사람이라면 그 점을 고려해서 예산을 책정할 필요도 있을 것 같다.

사실 예산에 대해서는 워낙에 의견이 분분하기 때문에 어떤 선택을 해도 모두를 만족시키기 어렵다. 물론 모두를 만족시킬 필요도 없다. 누군가는 아까운 월세에 왜 그렇게 많은 돈을 쓰느냐고 하고, 누군가는 전세를 얻으면 집주인만 좋은 일 해주는 거라고 하고, 누군가는 또 지금 매매하면 상투 잡는 시기니까 절대 매매를 하면 안 된다고 한다. 필요한 조언을 골라 듣는 것도 중요하지만, 나는 종종 전래동화 중에 아버지와 당나귀 이야기가 떠오를 때가 있다.

가난한 아버지가 자신의 마지막 재산인 당나귀를 팔기로 결심하고, 어린 아들을 당나귀에 태워 시장으로 걸어가고 있었다. 지나가던 행인이 이 모습을 보더니 말한다. "늙은 아버지는 걷게 하고 혼자만 편하게 당나귀를 타다니, 불효막심한 아들이군." 그러자 아버지는 아들을 걷게 하고 자신이 당나귀에 올라탔다. 잠시 후 또 어떤 행인이 "아버지란 사람이 어린 아들을 걷게 하다니, 부모로서 너무한 게 아닌가?" 하고 지적한다. 아버지는 고민하다가 당나귀에 아들과 함께 올라타기로 했다. 그러자 마을 사람들이 보고 수군거렸다. "당나귀에 두 명이 올라타다니, 당나귀가 너무 가엾어. 얼마나 힘들까." 결국 아버지와 아들은 당나귀의 다리를 긴 장대에 묶어서 어깨에 메고 간다.

한마디로 모두를 만족시킬 만한 정답은 없고, 내가 무엇을 해도 뭐라 할 사람은 뭐라 한다는 이야기다. 이 얘기, 저 얘기 듣다가 이도 저도 못 하고 안 해도 될 고생만 하는 것이다. 남들이 뭐라든 때로는 자신의 선택에 확신을 가질 필요도 있다.

개인적으로 얼마 전, 자취를 시작한 이후 세 번째 집으로 이사를 했다. 이 집의 월세가 무려 300만 원이다. 사실 지금 이 순간까지도 믿겨지지가 않는 금액이다. 0이 하나 더 붙은 것 같은데? 다만 이번에 이사한 집에는 확실한 정체성을 부여해봤는데 바로 '사무집'이다. '집무실'로 할까 고민했는데, 이미 뜻이 존재하는 단어라서 '사무집'으로 정했다. 작년에 퇴사를 하고 유튜브를 전업으로 하기 시작하면서 집이 곧 일하는 공간이 되었다. 앞으로 나와 함께 일할 직원분들도 이곳으로 출퇴근하게 될 예정이다.

그러니까 난 집에서 가장 오랜 시간을 보낼 뿐만 아니라, 사무실로 생산 활동을 하는 공간이기도 한 것이다. 그렇다면 집이자 사무실로서 300만 원의 말도 안 되는 월세를 내는 게 아주 말이 안 되지는 않겠다는 생각이 들었다.

결국 내가 살 집이기 때문에 보편적인 의견은 참고만 하되, 내가 집에서 보내는 시간을 어떻게 여기고 얼마나 가치를 두느냐에 따라 가용 가능한 범위에서 예산의 정도는 조금씩 달라질 수 있을 것이다. 이렇게 개개인의 상황과 환경에 따라 집에 쓸 수 있는 적절한 예산을 책정했다면, 그다음에는 본격적으로 집을 찾아야 한다.

나에게 딱 맞는 집 알아보기

집을 알아볼 때 요즘엔 대부분 인터넷이나 앱으로 먼저 정보를 얻는 경우가 많다. 사실 앱에는 일명 '미끼 매물'이라고 하는 허위 매물이 올라오는 경우도 많지만, 처음 독립하는 분이라면 다양한 집의 구조나 넓이를 눈으로 보면서 내가 원하는 집이 어떤 모습인지 어느 정도 '감'을 익히는 것도 나쁘지 않다. 그러면서 점차 부엌이 넓었으면 좋겠다든가, 베란다가 꼭 있어야 한다든가, 신축으로 구하고 싶다든가 하는 나만의 기준을 세우게 되니 말이다.

나도 이번 이사를 하기 전에 내가 생각한 조건에 맞춰서 온갖 포털 사이트와 앱에 올라온 각종 오피스텔의 사진을 다 들여다봤다. 나는 '집'의 느낌보다 '사무실' 느낌의 집을 원했기 때문에 서울부터 경기, 지방까지 사무실 분위기가 나는 오피스텔을 샅샅이 뒤졌다. 그렇게 어느 정도 후보군을 좁힌 뒤에 첫 번째로 여의도에 있는 지금의 집을 보러왔는데, 이 집을 보자마자 더 볼 것도 없이 바로 계약해버렸다. 문을 열자마자 들어오는 햇살과 창밖의 뷰, 그리고 높은 천장에 순식간에 마음을 뺏긴 것이다.

사실 첫인상이라는 걸 중요하게 여기는 사람도 있지만, 첫인상이 절대적이라고 보긴 어렵다. 관상이라는 것도 있긴 하지만 보통 사람들이 누군가의 얼굴만 보고 그 사람에 대해서 얼마나 깊이 알 수 있겠는가.

그런데도 묘하게 어떤 사람을 보고 1초 만에 호감이 생길 때가 있다. 아직 제대로 말도 섞어보지 않았는데 왠지 나와 잘 맞을 것 같은 그런 느낌이 드는 거다. 꼭 이성에 대한 호감 같은 것을 말하는 게 아니다. 인간을 카테고리로 분류할 수 있다면 왠지 같은 영역에 들어 있을 것 같은, 괜히 친근하고 기분 좋은 만남이 될 것 같은 예감이랄까. 물론 그것도 일종의 선입견일 수 있겠지만 나는 개인적으로 선입견이라는 말에 대해서도 마냥 부정적으로 생각하지는 않는다. 어쩌면 어떤 사람을 만났을 때 내게 다가오는 알 수 없는 느낌이 결국 내 인생에 차곡차곡 쌓인 빅데이터가 보내는 신호일 수도 있다고 보기 때문이다.

집도 마찬가지인 것 같다. 한 번 보고 어떻게 알겠는가. 원래 집을 보러 다닐 때는 아침에도 가보고, 밤에도 가보고, 맑은 날에도 가보고, 흐린 날에도 가보면서 시간대나 날씨별로 해가 얼마나 드는지, 분위기는 어떤지 다각도로 확인해보라는 게 정석이다. 주방 상태, 화장실 수압까지 꼼꼼히 들여다보고 따져봐야 살면서 불편함이 없을지 미리 가늠해볼 수 있는 것이다.

하지만 이상하게 독립한 분들의 자취집 계약 스토리를 들어보면, 나처럼 그냥 '이 집이다' 싶은 느낌에 바로 계약해버렸다는 분들이 많다. 톡으로 먼저 대화해보니 마음에 들었는데, 실제로 처음 만나서 얼굴을 보니 더 좋았던 소개팅처럼. 일단 첫인상은 합격이니까, 우리가 정말 잘 맞을지는 앞으로 만나보면서 차차 알아가는 단계로 접어들자는 거다. 애프터가 달린 게 아니라 최소 향후 2년이 달렸다는 게 소개팅과 집의 차이점이긴 하지만.

보자마자 계약했어요

보자마자 집이 마음에 쏙 드는 데에는 역시 '뷰'의 영향도 빼놓을 수 없을 것 같다. 서울 토박이인 내가 부산에 내려가서 부산 토박이인 분의 집에 방문했을 때였다. 부산 중앙동의 오피스텔에 살고 있던 분이었는데, 직장이 같은 부산에 있긴 하지만 왕복 두 시간 거리라고 한다. 나는 회사와 집은 걸어다녀야 한다는 주의라서 아니, 대체 왜 이렇게 직장과 먼 곳에 집을 구한 건가 고개를 갸우뚱했다. 하지만 막상 그 집을 보는 순간 의문이 싹 사라졌다. 현관을 열고 집에 들어서자마자 거실 바깥으로 펼쳐지는 시원한 바다 뷰! 이 집을 선택한 이유를 바로 알 수 있었다.

"처음 집 보러 왔는데, 열자마자 통창으로 바다가 딱 보이는 거예요. 바로 '계좌번호 불러주세요'라고 할 뻔했잖아요."

통창으로 새파란 바다를 담아 보여주는 집과 첫눈에 반한 셈이다. 물론 첫눈에 반한 상대와 늘 해피엔딩으로만 이어지는 것은 아니다. 지내다 보면 서로 취향이 다를 수도 있고, 성격이 안 맞을 수도 있고, 초반의 뜨거운 설렘이 언젠가는 사그라질 수도 있는 법. 집도 그 안에서 살다 보면 비로소 첫인상에서는 알 수 없었던 다양한 면모와 세부적인 장단점을 보여주기 시작한다.

"사실 바다 옆에서 살면 짠내가 많이 나고, 해무도 심해요. 그리고 일명 '눈뽕'이라고 하죠. 바다에 빛이 반사돼서 눈부심도 심한 편이에요. 특히 여름에는 일출과 동시에 눈이 떠질 정도죠. 여름엔 덥고, 겨울은 춥고. 사계절을 온몸으로 느낄 수 있는 집이에요."

"창이 동향으로 나 있어서 눈부심이 심할 것 같긴 하네요. 그런데 커튼은 왜 안 다셨어요?"

"커튼은 침실에만 달았어요. 그래도 이 뷰랑 개방감을 포기할 수는 없으니까요."

창이 크다 보니 자연이 고스란히 느껴져서, 이 집에 살면서 여름에는 해가 새벽 다섯 시 반에 뜬다는 걸 알게 되었다고 한다. 그럼에도 거실에 커튼을 달지 않는 이유를 이해할 것 같았다.

도시의 역세권에는 창문을 열면 바로 맞은편 건물 벽이 보이는 집도 정말 많다. 심지어 어떤 분은 집 부엌에서 제육볶음을 하고 있는데 창 밖에서 "맛있는 냄새 난다" 하는 소리가 들렸다고 한다. 고개를 돌렸더니 눈을 마주친 아주머니가 "뭐 만들어요?" 하길래 "고기 볶아요!" 하고 대답했다는, 웃긴데 웃지 못할 이야기를 해주기도 했다. 내가 전에 살던 오피스텔에서도 건너편 집 시계로 시간까지 볼 수가 있었다. 사실 그쪽에서 나를 보는 건 성격상 별로 상관 없었는데, 자꾸 내가 안 보고 싶은 것까지 봐야 한다는 것도 꽤 불편한 일이었다.

사람마다 선호도는 다르겠지만 확실히 뷰가 주는 개방감도 무시할 수 없다. 우리는 기본적으로 실내에서 살면서 늘 같은 풍경만을 보게 된다. 그래서 집 안에 좋아하는 그림이나 포스터를 걸어두는 분들도 많은데, 아무리 마음에 드는 풍경을 걸어놔도 시간이 지나면 질려서 다른 포스터를 바꿔 걸게 된다. 그런데 창문 밖으로 보이는 풍경은 끊임없이 숨쉬고 움직이며 변화한다. 봄에는 꽃이 피고 가을에는 단풍이 든다. 해가 뜨고 지고 물결이 수없이 찰랑이고 반짝인다. 내가 뭘 바꿔주지 않아도 알아서 멋진 풍경을 바꿔가며 보여주는 자연을 생중계로 볼 수 있다는 건 확실히 굉장한 힐링과 만족감을 가져다주는 일이다. 또 나는 겉멋이 좀 들어서 멋진 야경을 보면 내가 성공했다는 기분이 들기 때문에……

물론 아무리 첫인상이 좋았던 집이라도 막상 더 친해지면 나와 안 맞는 면모에 조금은 실망할 수도 있을 것이다. 하지만 첫눈에 알아본 장점으로 사소한 단점 정도는 커버하면서 맞춰가는 게 집에 정 붙이고 사는 자취인들의 마음이 아닐까 싶다.

> **NOTE** 한마디로 모두를 만족시킬 만한 정답은 없고, 내가 무엇을 해도 뭐라 할 사람은 뭐라 한다는 이야기다. 남들이 뭐라든 때로는 자신의 선택에 확신을 가질 필요도 있다.

라이프스타일에 정답은 없다

나만의 규칙이 생기는 곳

예전부터 참 궁금했던 게 있다. 왜 부모님은 꼭 주말 아침에 청소기를 돌리는 걸까. 지금 생각해보면 그나마 쉬는 날 집안을 챙기고 돌보려다 보니 주말이 대청소의 날이 되었다는 사실을 유추하는 게 어렵지 않지만, 어릴 때는 청소기 소리에 잠을 깨는 게 그렇게 싫었다. 환기하려고 창문을 활짝 열어두면 이불을 둘둘 감고 버틸 수 있을 때까지 게으름을 피웠다.

　부모님과 함께 살 때에는 부모님이 내가 태어나기 전부터 차곡차곡 쌓아온 가정 내 크고 작은 규칙들을 군말 없이 따를 수밖에 없었다. 그 말은 곧 무엇인가. 독립하면 그때부터는 내 마음대로라는 뜻이다. 혼자 살면 망나니처럼 지내도 뭐라 할 사람이 없지만 사실 내 공간을 막상 가꾸고 유지하기 위해서는 부모님이 대신해준 만큼의 노동력을 내가 직접 써야만 한다. 그래도 최소한 청소기는 내가 원하는 시간에 돌릴 수 있다. 그렇게 나도 나만의 작은 규칙들을 새롭게 만들어가는 것이다.

어디 무인도에 떨궈놔도 바닷물로 세수하고 나뭇가지 텐트에서 잠자며 대충 살 것 같겠지만, 그래도 삶의 질을 위해서 내가 굳이 고수하는 아이템이 하나 있다면 바로 바디워시다. 아주 최근까지도 본가에서는 바디워시 대신 비누를 썼다. 아마 어릴 때 다들 집에서 한 번쯤 본 기억이 있을 법한, H사에서 나오는 자주색 비누다. 물론 몸을 닦는다는 기능적인 면에서 큰 차이는 없겠지만 내심 이왕이면 우아하게(?) 바디워시를 눌러 짜서 씻고 싶다는 소박한 바람이 있었다. 그렇다고 내 돈으로 사다놓기는 아까운 품목이라 주는 대로 비누를 쓰면서 지내기는 했다. 그런데 독립한 이후 그런 생활용품을 내 마음대로 선택하게 되면서 욕실에는 당연히 바디워시를 비치해두게 되었다. 보기만 해도 왠지 뿌듯해지는, 나의 독립을 상징하는 아이템인 셈이랄까.

샤워 용품으로 바디워시를 고르는 사소한 부분 외에도 독립한 내 집에서는 나만의 규칙들이 자연스럽게 하나씩 생기게 된다. 뭐 설거지를 내일로 미룬다든가, 수건은 개지 않고 건조기에서 그냥 꺼내 쓴다든가, 딱히 규칙이 없는 것도 규칙이라고 우겨볼 수 있겠다.

재미있는 게, 내가 방문했던 어느 집은 베란다 문을 열면 저 끝에 건조기가 있었는데 내가 보기엔 그게 너무 멀리 있는 것 같았다. 베란다 문을 열고 건조기까지 왔다 갔다 하는 게 너무 불편하지 않을까? 그런데 알고 보니 그 바로 옆에 베란다와 연결된 안방 창문을 열어서 건조기에서 꺼낸 옷을 쏙 집어넣으면 되는 동선이었다. 다 나름대로 나만의 동선과 규칙에 맞춰서 가구 배치를 해놓고, 나만 아는 규칙으로 효율적인 집안일을 하는 것이다.

TV 프로그램 〈알쓸신잡〉에도 나왔던 건축가 유현준 교수님의 유튜브에서 본 내용인데, 우리가 공간에 애정을 갖게 되는 순간은 스스로 가꾸고 규칙을 부여했을 때라고 한다. 미국의 할머니, 할아버지들이 갖는 럭셔리한 취미 중 하나가 가드닝이다. 그게 행복한 이유는 그 땅에 자신이 선택한 꽃이나 나무들을 배치해 나만의 세상을 구축하고 규칙을 부여하기 때문이라는 것이다. 내가 모든 규칙을 만들고 창조하는 공간에는 당연히 애착이 생길 수밖에 없다. 비록 가든은 없지만 내 자취집만큼은 누가 뭐라든 내가 좋을 대로 구축하고 가꾸는 나만의 세계다.

사는 모양은 각기 다르다

우리나라의 집의 구조는 거의 획일화되어 있다. 전국 어디를 가도 오피스텔이나 아파트별로 규모만 조금씩 다를 뿐 평면도는 사실상 다 비슷하다. 몇 가지 이유가 있겠지만, 주로 우리나라 산업이 빠르게 발달하고 도시에 인구 밀도가 높아지면서 다양성에 집중하기보다는 대량으로 똑같은 주거 공간을 찍어내는 데 바빴던 결과라고 한다. 그런데 이렇게 똑같은 레이아웃을 가진 공간인데도 어떤 성향을 가진 어떤 사람이 살고 있느냐에 따라서 그 안의 모습은 각기 다르다. 집집마다 다른 사람들의 라이프스타일, 삶의 방식이나 태도가 고스란히 반영된 걸 느낄 수 있다.

예를 들어 어떤 자취집에 가면 정말 '잠만 자는' 곳이라고 한다. 침대, 충전기, 샤워 용품처럼 딱 사는 데 필요한 생필품만 있고, 장식품이나 여가 활동을 위한 흔적은 찾아볼 수가 없다. 그런데 또 뉴욕에서 방문한 자취집 중에는 비실용의 끝판왕이랄까, 집안에 포장마차까지 만들어놓은 곳도 있었다. 주황색 포장마차 천에 빨간색 플라스틱 테이블을 두고, 벽에는 본격적으로 메뉴판까지 달았다. 집에 있는 시간이 길어지다 보니 사서 직접 만든 것이라고 한다. 실용적으로 생각하면 주황색 천 배경 같은 건 아무 의미 없지만 그 덕에 집안에서 포장마차 특유의 분위기를 즐길 수 있으니 참 재미있게 사는 분이었다. 사람 사는 모습이 정말 극과 극이지 않은가.

유튜브 초기에 방문했던 서울 연희동의 한 자취집에서는 마치 전시관에 있는 오브제처럼, 예쁘게 생긴 커다란 스피커가 있었다. 그게 아니, 세상에, 300만 원짜리였다. 그때는 다른 사람들 집을 몇 군데 안 가봤던 촬영 초반이기도 해서 정말 깜짝 놀랐다. 300만 원짜리 스피커를 사면서도 손이 안 떨릴 정도로 재력이 엄청난 분인가 했더니, 그건 아니란다. 또 그 옆에는 중고로 팔아도 안 팔리는 뚱뚱한 브라운관 티비가 놓여져 있다. 그것도 티비 받침대도 없이 바닥에 덩그러니……

"음악 듣는 걸 좋아하거든요. LP판을 모아서 턴테이블로 듣기도 했었는데, 그것도 좋지만 또 디지털적으로 듣는 편리함도 있더라고요. 방에 있을 때도 바로 휴대폰으로 연동이 가능해서 언제든 음악을 틀 수 있어서 좋아요."

제3자가 보기에는 이해가 안 될 수도 있는 이 언밸런스는 음악만큼은 좋은 음질로 듣고 싶다는 취향의 결과물인 셈이다. 그분에게는 티비보다는 스피커가 훨씬 중요한 가치와 의미를 갖는 것이다.

또 다른 집에서는 침대가 혼자 몇천만 원짜리였다. 나는 잘 몰랐지만 댓글에서도 알아보는 유명한 제품이었다. 평소에 치열하게 일을 하면서 사니까, 잠만큼은 정말 편안하게 잘 자고 싶어서 구매했다고 한다. 누군가에게는 나의 꿈을 이루기 위해서 다른 건 몰라도 잠자리가 정말 중요한 것이다. 사람마다 중요하게 여기는 가치가 다른 만큼, 집에 있는 작은 제품이나 가구 하나하나도 이렇게나 완전히 달랐다.

사실 난 원래 화장실에 양키캔들 같은 걸 놓는 사람이 이해가 안 됐다. 원룸에 굳이 파티션을 둬서 공간을 나누는 것도 별 의미가 없는 일이라고 생각했다. 그런데 실제로 그렇게 살고 있는 분들을 보니까, 누군가에게는 굉장한 만족감을 줄 수 있는 부분이라는 걸 알게 됐다. 예전에는 나도 나름대로의 소비 가치관이 있다 보니, 내 기준의 잣대를 다른 사람에게도 쉽게 들이댔던 것 같다. "그거 돈 아깝지 않냐? 그 돈이면 다른 걸 하겠다." 이젠 이런 소리를 절대 안 한다. 나에게는 아이패드가 그냥 유튜브 플레이어지만, 유튜브를 스마트폰보다 큰 화면으로 보고 싶은 사람들도 있을 것이다. 나한테는 모든 화장품이 그냥 수분 충전제지만 누군가에게는 피부에 정성을 들이는 시간이 나를 사랑하는 방법일 수도 있는 것이다.

요즘 20~30대 청년들의 라이프스타일 트렌드는 유행을 따르기보다 취향을 따르는 삶, 주변 시선보다는 나의 행복에 집중하는 삶이라고 한다. 남들이 좋아하는 것이 아니라 내가 좋아하는 것이 뭔지 탐색하고 적용해나가는 것이 내 삶을 더 풍성하고 만족스럽게 만들기 때문일 것이다. 이런 삶의 모습이 가장 깊숙이 파고들 수밖에 없는 공간이 바로 집이지 않을까. 내게 가장 편안하고, 가장 마음에 드는 것들로 채우는 공간이니까. 그간 남의 집들을 구경하면서, 삶에서 두는 가치는 누군가가 절대 함부로 판단할 수 없는 일이라는 깨달음을 얻었다. 그동안 나의 "그 돈이면 차라리~"에 당했던 지인분들에게 뒤늦게나마 사죄드린다.

> **NOTE** 똑같은 레이아웃을 가진 공간인데도 어떤 성향을 가진 어떤 사람이 살고 있느냐에 따라서 그 안의 모습은 각기 다르다.

내 집도 아닌데 인테리어를 하는 이유

인테리어는 재능이다

나는 그렇게 생각한다. 인테리어는 재능이다. 그것도 후천적으로 키워지기보다는 애초부터 타고나는 재능이다. 인테리어를 잘하는 분들은 정말별거 아닌 소품이나 저렴한 다이소 물건으로도 감각 있는 분위기를 만들어낸다. 나도 나름대로 많은 집을 구경하면서 '이렇게 하면 예쁘구나'하는 팁을 어깨너머로 배운다고 배웠지만, 이상하게 실제로 적용하려고하면 절대 그 느낌이 안 난다. 비슷하게 해보자면 아예 하나부터 열까지집을 통째로 갈아치워야 할 것 같아서 따라하는 건 포기하고 그냥 감탄하는 포지션에 그치고 있다.

그나마 적용할 만한 팁이 있다면, 집에 초록빛 식물들을 두면 확실히 분위기 전환의 효과가 난다는 것이다. 문제가 있다면 나는 다육이부터 선인장까지도 차근차근 죽이는 사람이라는 거……. 나 같은 사람은 감히 시도하기 무서운 플랜테리어를 정말 근사하게 해두고 사는 분을 구로의 한 오피스텔 원룸에서 만나볼 수 있었다.

약 9평 정도 되는 원룸이었는데, 나도 이제 딱 보면 대충 집값을 짐작할 수 있는 눈이 생겼기 때문에 "당연히 1억 이상이죠?" 하고 물었더니 전세가 7,000만 원이란다. 내가 서울에서 방문했던 집 중에는 거의 최저가다. 1989년대에 만들어진 오래된 오피스텔인데 리모델링이 되기도 했고, 한눈에 봐도 오밀조밀 잘 꾸며져 있어서 그렇게 오래된 집이라는 인상은 전혀 받을 수가 없었다. 게다가 원룸인데도 커튼으로 부엌 공간을 분리해서 1.5룸처럼 보이는 효과도 있었다. 심지어 그 커튼은 다이소 출신의 5,000원짜리란다. 이 정도면 최소 비용으로 최대 효과를 내는 데 있어 거의 교과서 수준 아닌가 싶다.

"인테리어에 돈을 많이 안 들이고 있는 걸 활용하는 편이거든요. 다이소에서도 많이 사요."

잡지 과월호를 구매해서 100원짜리 코팅지를 붙여 벽에 걸어두고, 저쪽엔 와인병을 감싸서 포장해두니 어딘가 힙한 카페 분위기가 난다. 노트북 살 때 온 택배 박스, 다 쓴 화장품 병, 텀블러 포장지까지, 내 자취 방에 왔으면 다 쓰레기였을 물건들이 이 집에서는 근사하게 요리조리 꾸며진 채 한 자리씩 차지하고 있었다. 어떻게 버려지는 물건들을 되살리는 가장 적절한 방법을 이렇게 쉽고 간단하게 찾아내는 걸까? 머리를 감싸고 공부하는 것 같지는 않다. 다시 한 번, 인테리어는 타고나는 재능이 분명하다.

"이건 원래 친구랑 살 때 썼던 2층 침대 사다리인데, 지금은 혼자 사니까 필요 없어져서 벽에 걸쳐놨어요. 버리기 아까워서 식물이라도 걸까 해서 놨는데, 오브제처럼 보이나봐요. '오늘의 집'에 사진을 올렸더니 문의가 엄청 많았거든요."

안 쓰는 2층 침대 사다리도 무심한 듯 벽에 툭 걸쳐두니 일부러 가져다둔 소품 같다. 무엇보다 식물 키우는 것을 좋아하는 분이라 집안 곳곳에 식물이 많은데, 현관이나 화장실 쪽에서는 빛이 없어 식물이 살기 어려우니 조화와 생화를 적절히 섞어서 배치해두었단다. 내가 어릴 때는 조화는 딱 봐도 조화 티가 났는데, 요즘에는 거의 구분하기 어려울 정도로 퀄리티 높은 조화가 많아진 것 같다. 식물을 못 키우는 사람도 손쉽게 방에 초록색을 더할 수 있는 좋은 팁이다.

이분의 방에 있는 물건들을 하나하나 분리해서 보면 비싼 것도 아니고 화려하거나 특이한 물건들도 아닌데, 그것들을 적절하게 모아두니 전체적인 조화를 위해서 하나하나 일부러 구해서 배치한 아이템들처럼 보였다.

인테리어를 잘해둔 분들의 이야기를 들어보면 어떤 색깔이나 콘셉트를 정해두고, 그 틀에서 크게 벗어나지 않는 물건들로 되도록 통일성을 갖게 하는 게 조잡하지 않고 조화롭게 보이는 중요한 원칙 중 하나라고 한다. 나처럼 그 물건을 어디에 둘 것인지, 주변과 어울릴 것인지 생각하지 않고 '오, 이거 괜찮은데? 결제!' 하고 초단순 구매 패턴을 밟아서는 안 된다는 얘기인 것 같다.

체리 몰딩도 소화해버리는 집

보통 인테리어의 정석이라고 하면, 다른 건 몰라도 절대 포기할 수 없는 것 중의 하나가 바로 깔끔한 화이트 벽지와 몰딩이 아닌가 싶다. 집이 아무리 넓고 깨끗해도 대학 시절 단체로 MT가던 펜션을 연상시키는 화려한 꽃무늬 벽지나, 오래된 집의 상징 같은 체리색 몰딩이 붙어 있다고 생각해보자. 흔히 '오늘의 집'에 나올 법한 요즘 스타일의 모던한 인테리어를 완성시키긴 어려울 수밖에 없다.

특히나 이놈의 체리 몰딩은 어떤 인테리어를 해도 강렬한 존재감을 자아낸다. 2000년대에는 굉장히 인기가 있어서 브랜드 아파트를 시작으로 널리 퍼지게 된 고급스러운 색깔이었다고 하는데, 시대가 변하다보니 이제는 영 눈에 거슬리는 색깔이 됐다. 벽지와 몰딩은 집을 꾸미기 전에 바탕색을 칠하는 도화지와 같은 것이라서, 이 단계에서 색을 바꿀 수 없다면 보통 인테리어를 포기하거나 아니면 그 집에 입주하기를 포기해야 한다…… 그게 여태껏 내가 가지고 있었던 고정관념이었는데, 체리색 몰딩마저도 특유의 집 분위기 일부로 승화시켜버리는 인테리어 고수를 만났다.

망원동에 살고 있는 분인데, 회사는 동탄이라고 한다. 매일 멀리까지 출퇴근을 해야 하는 만큼 주말에는 집에서 온전히 쉬는 게 중요한 시간일 텐데, 그래서 집에 더욱 애착을 가지고 꾸민 듯했다.

"집이 오래됐어요. 보시다시피 집 전체가 체리 몰딩이고, 옛날 섀시에 나무 틀 창문이에요. 그래서 인테리어를 할 때 제일 중요하게 생각한 건 '톤'이에요. 몰딩을 뗄 수가 없으니까, 전반적으로 몰딩 색에 맞춰서 가구도 나무 색으로 구매한 거죠."

체리 몰딩은 인테리어의 컨버스라고 하기에는 이미 그 자체가 포인트가 되고 있는 색깔이기 때문에, 오히려 다른 가구의 색깔을 그에 맞춰서 통일감을 줬다. 짙은 나무색 테이블과 책장, 의자가 전반적으로 고풍스러우면서도 중후한 분위기를 냈다. 고양이가 두 마리나 있는데 털이 잘 보이지 않을 만큼 깔끔한 성격인 집주인의 성향과도 잘 어울리는 색감이었다. 신축보다는 아무래도 오래된 집이 가격적으로 저렴하니까 이 집을 선택했다는데, 그 레이아웃에 맞춰서 집의 전반적인 톤을 맞춰놓으니 오래되어 보이지 않고 오히려 정돈된 듯한 단정한 분위기를 뿜어냈다.

완전히 매매한 집이 아니라면 사실 몰딩까지 취향대로 뜯어 고치기는 어려운 것이 현실인데, 있는 건 그대로 두고 오히려 그걸 활용하는 방식으로 예쁘면서도 현실적인 인테리어를 볼 수 있었다. 대신 손을 댈 수 있는 부엌의 수납장들은 문짝을 일일이 다 떼어서 새로 페인트칠을 했다고 한다. 그래서 집이 더 말끔하게 보였던 모양이다. 사실 집의 레이아웃이 내 마음에 안 들면 '이번 집은 틀렸어' 하고 포기할 법도 한데, 역시 가고자 하는 자에게 언제나 길은 열려 있기 마련인가보다. 아니면 인테리어 재능이 있는 분들은 어디에 포인트를 두고 어디에 통일감을 줘야 하는지를 본능적으로 알고 있거나.

남의 집이지만 내가 사는 집

내가 처음으로 혼자 살게 되었던 자취집에 들어갔던 첫날, 겨울이기도 했지만 유독 추웠던 기억이 남아 있다. 그때까지 집은 항상 누군가가 있는 공간이었고, 그래서 원래 늘 난방이 켜져 있는 곳이었다. 그런데 현관에서 발을 디디는 순간 느껴지던 온기 없는 서늘한 공기가 알려주었다. 이곳은 텅 비어 있는, 오로지 나 혼자뿐인 공간이라는 것을 말이다. 나에게 이곳이 낯설 듯 이 집도 나를 낯설어하는 듯했던 그날의 어색한 공기는 이후 나의 생활 흔적이 하나둘 쌓이면서 점차 사그라졌다. 그전부터 쓰던 익숙한 내 취향이 담긴 물건들이 곳곳에 놓이면서 집은 점점 더 나의 보금자리가 되어갔다. 같은 공간인데도 내 흔적이 남으면서 더 편안한 공간이 된 것이다.

인테리어에 공을 들이는 집을 영상으로 소개하면 꼭 달리는 댓글이 있다. 월세나 전세, 즉 '남의 집'인데 왜 굳이 돈을 들여서 인테리어를 하느냐는 것이다. 특히 구조를 바꾸거나 페인트를 칠하는 것처럼 집의 레이아웃에도 손을 대는 경우에는 '돈 아깝다'는 시선이 적지 않은 듯하다. 또 일부의 사람들은 '나중에 결혼하면 좋은 거 살 텐데, 지금은 대충

'싼 거 사서 쓰지'라는 마음도 있어서 자취방은 굳이 공들일 필요 없는, 그냥 잠시 들렀다 가는 공간처럼 여기기도 한다.

딱 내 마음이 그랬다. 생각해보면 나도 집에 큰 애정이 없었을 때는 그냥 잠잘 곳만 있으면 다른 건 아무래도 상관없었다. 하지만 사회생활을 하고 집 밖에서 힘든 시간을 보낼수록 집이라는 공간은 나의 소중한 충전소였다. 어수선하고 불필요한 물건들이 널브러져 있는 것보다는, 나의 손때가 묻고 내가 좋아하는 물건들이 자리 잡고 있는 공간이 나를 충전하기에 더 좋은 건 당연했다.

독립해 살고 있는 1인 가구가 느끼는 공통적인 외로움이나 고립감이 있을 수 있다고 생각한다. 만약 나에게 갑자기 무슨 일이 생기더라도, 며칠 동안은 아무도 모를 수 있겠다는 막연한 불안감을 안 느껴본 사람이 있을까. 그런 우리에게 집은 머무는 동안 에너지를 채워주고 안락한 안정감을 주는 공간이다. 1~2년을 살더라도 내가 머물러 지내는 동안 좀 더 마음에 드는 환경에서 행복하게 살 수 있다면 금전적으로 조금 손해라도 결과적으로는 이득일 수 있지 않을까. 인테리어는 단순히 예쁘고 안 예쁘다는 미적 기준을 떠나서, 내가 잠시 머물다 스쳐가는 것이 아니라 잠시나마 이곳에 뿌리를 내린다는 감각을 안겨주는 일이기도 하다.

사실 나도 얼마 전에서야 전문가의 손을 빌려 처음으로 제대로 된 인테리어라는 걸 해봤다. 지금까지는 집을 잠만 자는 숙소처럼 여겼는데, 지금 생각해보면 설령 그렇다 해도 잠이라도 좀 더 포근하고 편안하게 잘 수 있는 환경을 만드는 게 나의 하루하루에 더 좋은 에너지를 채워주는 일이라는 생각이 들었다. 이왕 살기로 결심한 거, 집에 슬쩍 더 투자를 한다면 그만큼 나의 1년을 한층 윤택하게 만들어줄 것이다.

　　확실히 '예쁜' 인테리어는 나에겐 없는 재능의 영역이라고 생각하지만, 따지고보면 인테리어가 별 게 아니라 나에게 만족스럽고 편안한 공간을 만드는 일이 아니겠는가. 내 집은 아니어도, 결국은 다 나를 위한 일이다.

> **NOTE**
> 인테리어는 내가 잠시 머물다 스쳐가는 것이 아니라 잠시나마 이곳에 뿌리를 내린다는 감각을 안겨주는 일이기도 하다.

집에서
슬리퍼 *VS* 맨발

슬리퍼 28%   맨발 72%

처음 자취를 시작할 때 흔히 하게 되는 착각이 있다. 자취를 하면 내가 장을 봐서 예쁘게 요리를 차려 먹을 거라든가, 밥 먹고 나면 디저트도 예쁜 접시에 담아서 드립 커피를 내려 마실 거라든가, 그리고 아침에 일어나면 침대 옆에 가지런히 놓인 슬리퍼를 하나씩 신고 사뿐사뿐 걸어 커튼을 열고 아침을 시작할 거라는 그런 착각……

그렇게 사는 분들도 물론 있지만, 나는 아니었다. 자취를 시작하면 당연히 그곳에는 슬리퍼가 있어야 한다고 생각해서 슬리퍼를 사서 신어본 적이 있는데, 막상 신어보니까 발에 땀이 많이 나서 신을 수가 없었다. 재미있는 게, 촬영하다 보면 집에 슬리퍼가 있는 분들은 많은데 그분들의 슬리퍼도 상당수가 방문이나 화장실 앞에 덩그러니 놓여 있다. 슬리퍼를 신는 게 별거 아닌 것 같아도 몸에 배어 있지 않으면 생각보다 습관 들이기가 어려운 부분인 것 같다.

갑자기 다른 1인 가구는 어떻게 생활하는지 궁금해져서 '자취남' 채널 커뮤니티에 '슬리퍼 vs 맨발' 투표를 한번 올려봤다. 시답지 않은 질문인데 감사하게도 무려 6만 명이 넘는 많은 분들이 답변해주었다. 이 결과는 물론 내 채널 구독자분들에게 한정한 것이라서 불특정 다수를 대상으로 하는 조사와는 결이 다르니 재미로 봐주시길 부탁드린다.

슬리퍼와 맨발을 비교해서 선택한 결과를 보면 맨발로 다닌다고 답변한 분들이 72%로 꽤 압도적인 결과였다. 하지만 댓글을 살펴보면 반대로 슬리퍼의 장점을 남겨준 분들이 많았다. 일단 층간 소음 때문에 슬리퍼를 신는다는 분들이 가장 많고, 막상 슬리퍼가 습관이 되면 맨발로 바닥을 밟는 게 어색하고 불편해서 꼭 슬리퍼를 찾아 신게 된다고 한다. 맨발로 바닥을 밟으면 추워서 슬리퍼 대신 수면양말을 신는다는 분들도 있었다. 물론 나처럼 슬리퍼를 신다가 결국 맨발로 회귀한 분들도 많은 것 같다. 그 마음 충분히 이해한다.

Part 2. 집을 보면 그 사람을 알 수 있다

미니멀리스트의 집을 가보다

혹시 여기 모델하우스인가요……?

잠실 쪽에 있는 오피스텔이었다. 현관을 열고 집안에 들어갔는데 집이 텅 비어 있었다. 사람 사는 집이라고 하면 무릇 소파든 침대든 책상이든 컴퓨터든 무엇이라도 흔적이 보여야 하는 것이 아닌가. 그런데 이 집은 가구가 없어서 벽과 모서리가 태초의 모습 그대로 훤히 드러나 보였다. 이것은 거의 그냥 '공간'이다. 뭔가 잘못된 것 같다는 생각이 들었다. 여기 모델하우스인가요……? 아니, 생활감이 없는 모델하우스라도 기본 가구는 갖춰져 있기 마련이다.

나는 근본적으로 미니멀리스트를 이해할 수 없는 뇌 구조를 지닌 인간이라서, 정말 이거 장난인가 싶어 슬쩍 냉장고를 열어봤다. 다행히 사람이 먹고살 만한 식량이 채워져 있었다.

여러 집을 다니다 보니, 집만 봐도 이 사람의 취향이나 성향을 어느 정도는 예상할 수 있는데 이곳에서는 아무 정보도 발견할 수가 없다. 눈으로 한 바퀴 훑는 것만으로 집은 다 볼 수 있었고, 오히려 사람에 대한 궁금증이 커졌다. 나와 다른 신인류를 접하는 기분으로 인터뷰를 시작했다.

"이렇게 텅 빈 집은 처음 봐서 깜짝 놀랐어요."

"그런 얘기 많이 들어요. 집을 고를 때도 한눈에 깔끔해 보이는 점이 마음에 들었거든요."

"침대는 왜 안 쓰시나요?"

"침대가 있으면 청소할 때 너무 불편하고, 가장자리에 먼지 끼는 것도 싫어서요. 청소할 때 편하려고 집에 가구가 별로 없어요."

확실히 이런 집을 어지럽히기도 쉽지 않을 것 같다. 나는 따지고 보면 남의 집에 가서 합법적으로 그 집을 어지럽히는 사람이다. 이것저것 열어보고, 들춰보고, 물과 커피와 간식도 얻어먹는다. 그런데 미니멀한 집은 확실히 물건 하나만 올려놔도 금방 티가 나서, 집주인은 가만히 있는데 내가 나서서 치워야 할 것 같은 마음이 들 정도다. 미니멀한 집이 청소에 최적화되어 있는 것은 틀림없는 듯하다.

아무리 집에 별게 없어도 모든 집에 TV나 침대 정도는 당연히 있어야 하는 줄 알았는데, 그것조차 불필요하다는 생각의 전환이 한편으로는 신선했다. 덕분에 5평 남짓한 오피스텔인데도 답답하지 않고 공간이 넓어 보인다. 대신 기본 옵션으로 포함된 가구들을 요긴하게 활용하고 있었다. 이를테면 기본 옵션 중 하나인 화장대 아래에 간이 식탁이 들어 있어서, 사용할 때만 펼쳐서 테이블로 활용하는 식이다. 잘 때는 옷장에서 요를 꺼내 펴고 잔다고 한다. 모든 가구가 필요할 때만 꺼내서 쓰면 되는 접이식이고, 수납식인 것이다. 공간이 넓다면 모든 물건을 펼쳐놓고 사용하는 것이 편리할 수 있겠지만, 물건 자체를 줄이거나 사용할 때만 꺼내 쓰는 것도 작은 공간을 넓게 사용할 수 있는 심플한 해결책인 셈이다.

미니멀한 생활의 기본은 선택과 집중

동작구 흑석동의 또 다른 집에서도 거의 무소유에 가까운 미니멀리스트를 만나볼 수 있었다. 이 집은 침대나 테이블, 의자 같은 큼직한 가구 몇 가지는 갖춰져 있었지만, 또 그 외에는 아무것도 없다. 부엌 수납장이 위아래로 거의 텅 비어 있고, 심지어 수건은 딱 한 개다.

"수건은 한 개로 쓰고 바로바로 빨아서 널어놔요."

"안 마르면 어떡해요?"

"안 말라도 그냥 쓰죠. 물만 닦으면 되니까……."

어라, 듣고 보니 또 맞는 말 같기도 하다. 식기세척기가 있으면 설거지를 패스할 수 있고 건조기가 있으면 빨래 너는 과정이 생략된다. 집안일도 '장비빨'을 무시할 수 없으니 물건이 적으면 그만큼 불편한 부분이 있을 것이다. 하지만 조금 불편하더라도 생활을 가능하게 하는 실용적인 물건만 갖추고 살면 그만이라는 쿨한 말에 나도 모르게 설득되고 있었다. 대신 이분은 지갑이나 액세서리, 몸에 걸치는 것들은 한 개를 사도 비싸고 마음에 드는 걸 사는 식으로 나름대로의 타협점을 찾는다고 한다. 그야말로 선택과 집중의 정수를 보여준달까.

알고 보면 미니멀리스트에 가까운 분들도 자기가 생각했을 때 정말 필요로 하는 물건들은 다 가지고 있다. 다만 그 기준이 좀 다른 게 아닌가 싶다. 누군가는 음악을 들을 때 정말 성능 좋은 스피커가 필요하지만, 굳이 좋은 음질을 고집하지 않는다면 스마트폰만 있어도 스피커를 대체할 수 있는 것처럼 말이다.

반면 나로 말하자면 본질이 맥시멀리스트에 가깝기 때문에, 스마트

폰도 있어야 하고 스피커도 있어야 하는 것은 물론이고 따로 AI 스피커도 사야 한다. 필요할 것 같고, 마음에 든다면 고민하는 시간은 택배를 늦출 뿐이다.

그러다 보니 물건이 쌓일 수밖에 없다. 요즘에는 효율적으로 둘 이상의 멀티 기능을 수행하는 물건들도 많으니 개수를 줄이고자 한다면 줄일 수도 있을 것이다. 소파이면서 펼치면 침대가 되는 걸 쓴다든가, 전구이면서 평소에는 오브제로 활용한다든가. 하지만 오븐과 전자레인지 기능이 다 들어 있는 제품을 하나만 사면 되는데, 눈에 걸리는 대로 오븐 따로 전자레인지 따로 사는 사람이 나다. 각각이 가지고 있는 고유의 존재 의미를 굳이 존중해주고 싶달까⋯⋯. 그래서 집에 놓을 자리가 있는가, 내가 이 물건을 1년에 몇 번이나 쓸 것인가, 그런 연산 과정을 생략하고 무턱대고 구매할 때가 많다.

그런 내가 미니멀리스트에 가까운 분들의 집을 가보면 물론 처음에는 놀랍지만, 한편으로는 내가 알고 있던 세계의 울타리도 넓어지는 느낌을 받는다. 집에는 삶을 대하는 방식이 고스란히 묻어 있다. 굳이 물건을 통해 삶의 불편함을 메꾸지 않으려는 분들도 있고, 그 반대로 점점 더 새로운 것들을 접하는 즐거움을 만끽하는 분들도 있다.

꼭 극단적으로 1이나 100을 택해야 하는 건 아닐 것이다. 그 스펙트럼 가운데 어딘가, 내가 가장 마음에 드는 내 삶의 방식이 있을 테고 집을 꾸미는 다양한 방법 역시 그것을 찾는 하나의 과정이지 않을까. 개인적으로도 최근에 이사를 하게 되어서, 집에 어떤 가구나 어떤 물건을 두고 싶은지 다시 한 번 생각해보게 됐다. 깨끗하고 깔끔한 집으로 만들고 싶은데, 그러기엔 차마 떠나보낼 수 없는 옛 물건들이 산더미다. 그 어디쯤에서 타협해야 할지는, 아마 손때 묻은 물건들을 끌어안은 채로 좀 더 살아봐야 알 것 같다.

NOTE 집에는 삶을 대하는 방식이 고스란히 묻어 있다.

맥시멀리스트는 어떻게 소비할까

설레지 않으면 버리라면서요?

맥시멀리스트로서 말하건대 살다 보면 짐은 저절로 증식하기 마련이다. 다만 무엇을 사느냐, 얼마에 사느냐, 또 어떻게 짊어지고 사느냐가 관건인 것 같다. 처음 자취할 때는 무조건 싼 것만 샀다. 어차피 쓰다 버릴 건데 좋은 걸 사서 뭐하나 싶었다. 그런데 그런 집에서 살다 보니 왠지 울적할 때, 감정적으로 괜히 사무칠 때, 그런 순간에 청승과 궁상을 다 모아서 떨게 되는 것이다. 내가 울더라도 자전거보다는 벤츠에서 우는 게 낫다는 이름 모를 네티즌의 말씀도 있지 않던가. 사람마다 기준은 다르겠지만, 내 기분이 좋아지기 위해서 필요한 몇 가지라도 제대로 갖춰두어야 내가 나를 사랑하고 아껴준다는 느낌이 생기는 것 같다.

그러면서 나름대로 집에 물건을 들일 때의 기준도 생겼다. 일단 다른 건 몰라도 전자제품에는 돈을 아끼지 않는다. 가뜩이나 일하는 것도 힘든데, 일하다가 컴퓨터가 멈추기라도 하면 내 소중한 멘탈이 바사삭 부서지는 건 한순간이다. 최소한 일하는 장비라도 불편함이 없도록 비싸더라도 좋은 걸 구비한다는 게 나의 소비 원칙 중 하나다. 차가 없을 때도 일하는 체력을 아껴야 할 때는 없는 돈으로 택시를 타고 다녔다. 누군가에게는 비합리적으로 보일 수 있지만 일하는 멘탈과 체력에 우선순위를 두는 것이다.

　　지금도 내 집에 있는 물건 중에서 특히 애착이 있는 걸 꼽자면 거의 5년 전에 샀던 아이맥이다. 2017년도에 이걸 살 당시, 내 월급의 한 달 반 치를 쏟아부어야 했다. 말이 안 되는 지출이었는데도 무리해서 굳이 아이맥을 구매한 가장 중요한 이유는 솔직히 허세였다. 내가 하루 온종일 컴퓨터와 붙어서 일을 할 예정인데, 좀 근사한 걸 사면 그나마 '뽕'에 취해서 괜찮을 것 같았다. 비루해 보이던 내 인생을 그 순간만큼은 업그레이드시켜준 녀석이라서, 아직도 고맙고 기특하고 애틋한 마음이 있다. 매년 더 좋은 제품이 나오고 있지만 아직도 버리지 않고 계속 사용하고 있고 앞으로도 버리지 못할 예정이다. 수명을 다해서 멈추더라도 박물관처럼 전시한 뒤 '2017~ 랜더링 N천 회' 기념 푯말이라도 붙여줄 것이다.

정리 전문가인 곤도 마리에가 '설레지 않으면 버려라'라고 했다는데, 요컨대 나에게는 모두 여전히 설레는 물건들인 셈이다. 한 집에서 손때 묻혀가며 살다 보면 물건에도 정이 들지 않던가. 버리지는 않고 새로운 것을 계속 사다 보니 자연히 맥시멀리스트에 도달했다. 변명하자면, 그래도 집에 물건이 가득 차서 더 이상 둘 곳이 없을 때는 비로소 선입선출로 버리긴 버린다. 음, 솔직히 가뜩이나 수납 공간이 부족한 원룸에 사는 자취인들에게 추천할 만한 삶의 방식은 아닌 것 같긴 하다.

다만 맥시멀리스트에도 유형이 있다. 우선 나처럼 구매 행위 자체를 좋아하는 경우다. 물건을 둘 공간이나 인테리어 같은 것은 고려하지 않고 일단 사는 것이다. 필요할 것 같아서 산 물건인데도 일주일 만에 구석에 처박힌 경험, 한 번쯤 누구나 해보았을 거라고 믿는다. 이런 유형의 분들은 내가 봤을 때 산 물건을 다 쓰는 분들은 많지 않은데, 또 버리지는 않는다. 집을 구석구석 살펴보다가 "이건 뭐예요?" 물어보면 "뭐더라?" 하는 것이다. 이렇게 나 같은 사람들이 물건을 그냥 널브러뜨려 놓는 식의 두서없는 맥시멀리스트라면, 자취집 특성상 그다지 넓지 않은 공간을 정말 알차게 활용해서 물건들을 채워놓는 정리형 맥시멀리스트도 있다.

필요한 건 다 있는 집

디지털미디어시티의 한 오피스텔에서는 그야말로 맥시멀의 정수랄까, 장점만 쏙쏙 뽑은 좋은 예를 만나볼 수 있었다. 5평 남짓한 공간인데 현관을 들어서면 먼저 부엌이 보인다. 조리 기구, 조미료, 에어프라이어까지 기본적인 것들은 다 갖춰져 있는 가운데 쉽게 못 보던 물건이 있었다. 쌀통이다. 버튼을 누르면 1인분, 2인분씩 계량되어 나오는 쌀통인데 쌀을 보관할 곳이 마땅치 않다고 본격적으로 쌀통을 사는 사람이 얼마나 될까……? 밥은 압력밥솥으로 짓는다고 한다. 이분, 왠지 밥 한 끼를 먹더라도 제대로 먹는 분 같다. 아니나 다를까, 촬영이 끝나고 식사를 대접해주었는데 무려 2인용 불판까지 세팅되었다.

부엌을 지나가면 거실 겸 침실인 셈인데, 티비와 테이블이 있는 공간과 침대가 있는 공간 사이를 낮은 선반으로 분리해 용도별로 나눠두었다. 어찌나 정리를 잘 해두었는지, 없는 게 없는데 그게 다 수납 공간에 쏙쏙 들어가 있었다. 거실 수납장에서는 노래방 기계에 미러볼, 마이크까지 나왔다. 역시나 노래 한 곡을 불러도 각 잡고 하는 분인 것 같다. 스탠드 조명은 기둥 쪽에 선이 드러나지 않는 것을 선택하고, 멀티탭은 선반 윗부분에 거꾸로 붙여서 선 정리를 하니 훨씬 깔끔해 보였다.

"인테리어 할 때 제일 중점을 둔 곳은 화장실이에요. 씻고, 로션 바르고, 머리 말리는 것까지 화장실에서 다 할 수 있게 했어요."

화장실 사이즈 자체는 그리 크지 않고 평범한데, 일단 처음 보는 물건이 많았다. 손만 대면 알아서 물이 나오는 자동 센서가 어디 백화점이나 휴게소가 아니라 일반 자취방 수도꼭지에 달린 건 처음 봤다. 통일성 있게 손 세정제도 자동 디스펜서를 쓰고 있었다. 심지어 은은하게 불을 밝히고 있는 향초에, 샤워 가운까지!

"샤워 가운이 있네요?"

"가끔씩 비 오는 날, 집에서 혼술하고 싶을 때 쓰는 거죠."

세상에는 두 가지 유형의 사람이 있다. 있으면 있는 대로 없으면 없는 대로 사는 사람과 없는 거 없이 모두 있어야 하는 사람. 이분은 집에 각종 카테고리별로, 용도별로, 디테일하게 물건이 굉장히 많은데 안 쓰는 건 없는 것 같다. 꼭 필요한 것들이 적재적소에 자리를 잡고 있고 수납도 꼼꼼하게 되어 있어서 전혀 어지럽지 않은 걸 보니 정리왕에 청소왕이 틀림없다. 맥시멀리스트에 정리왕, 흔치 않은 조합이다. 거기에 감성과 허세와 실용, 어느 것 하나 놓치지 않는.

사실 집은 작은데 물건이 많으면 세로로 겹쳐 올려서 쌓게 된다. 그러다 보면 집에 여백이 없어지면서 빽빽하고 답답해 보이기도 쉽다. 그런데 바로 이 지점에서 인테리어뿐 아니라 정리나 청소 능력도 중요한 역할을 담당하게 되는 것 같다. 필요한 물건들이 제 사용처에 맞게 자리만 잘 잡고 있어도, 이처럼 겉으로 보기에 깔끔하고 가뿐하면서도 들여다보면 없는 게 없는 맥시멀리스트의 방이 탄생할 수 있다는 거다.

다만 나는 청소와 정리 능력도 어느 정도 유전자에 새겨져서 태어나는 것이 아닌가 하는 의구심은 항상 가지고 있다. 혹시 후천적으로 발굴한 분들이 있다면 자그마한 희망을 공유할 수 있도록 제보 부탁드린다.

> NOTE
>
> 내 기분이 좋아지기 위해서 필요한 몇 가지라도 제대로 갖춰두어야 내가 나를 사랑하고 아껴준다는 느낌이 생긴다.

집에 왜 이런 물건이 있죠

이 물건, 추천합니다

우리 집에 오는 사람들은 방을 슥 한번 둘러보고는 다들 같은 물건을 가리키며 물어본다.

"이게 뭐예요?"

유튜브를 하면서 구독자분들에게 받은 선물도 차곡차곡 모아두고 있다. 그중에서도 잊지 못하는 선물 중 하나가 가장 처음에 받았던 선물, 요강이다. 눈을 의심하는 분들이 있겠지만 바로 그 요강이 맞다. 내가 복층 오피스텔에 처음 살면서 2층에서 잠을 자다 보니 밤에 화장실 가는 게 너무 힘들고 귀찮았다. 그때 영상에서 "요강이 있으면 어떨까?" 하는 얘기를 했더니 정말로 한 구독자분께서 요강을 보내주었다. 요강에도 사이즈가 있다는 거 아시는지. 혹시 모르니까 '특대' 사이즈로 받았다(엣헴).

밤에 요강을 써보니까 살짝 현타가 오기는 해도 확실히 편하긴 했다. 문제는 쓸 때보다는 버릴 때다. 2층에서 요강을 들고 1층 화장실로 내려와야 하는데, 그게 고체가 아니라 액체다 보니 옮길 때 찰랑찰랑…… 더 이상의 얘기는 TMI가 될 것 같으니 생략하겠다. 내가 촬영을 갈 때마다 그 집에서 유용하게 사용하는 추천 아이템을 여쭤보곤 하는데, 개인적으로는 복층에 살고 있는 분들에게 요강을 진지하게 추천해드리고 싶다. 생각보다 꽤 유용하다. 아무튼 요강을 필두로 구독자분들에게 받은 선물은 모두 소중하게 간직하고 있다. 집에 차곡차곡 진열해두고 대대손손 물려줄 예정이다.

참고로 요강을 써본 적이 없고 심지어 본 적조차 없는 많은 현대인들은 아마 요강을 막상 쓰려고 하면 좀 당황스러울 것이다. 사용 설명서가 없기 때문이다. 그래서 내가 여러 가지 자세를 나름 시도해봤다. 요강을 바닥에 두고 서서 싸기에는 너무 튈 것 같다. 그럼 무릎을 꿇고 써야 하나? 엎드려 뻗쳐 같은 느낌인가……? 이것저것 시도해본 결과, 그…… 아기들 급할 때 빈 페트병에 쉬 싸게 해주는 것처럼, 무릎을 꿇고 요강은 손에 드는 자세가 제일 안정적이다. 혹시 다른 정답이 있다면 할 말은 없다. 아무튼 참고가 되었길 바란다.

이걸 왜 사셨어요?

집을 방문했을 때 가장 임팩트가 있었던 특징을 보통 섬네일에 넣는다. 월세가 엄청나게 싸다든가, 혹은 비싸다든가, 구조가 특이하다든가, 인테리어가 독특하다든가 하는 그 집의 대표적인 특징을 아무래도 대표 이미지로 내세우게 되는 것이다. 그런데 유독 그 집에 있는 어떤 '물건' 하나가 강렬하게 기억에 남아 섬네일로 장식된 집들이 있다. 굳이 따지면 추천템까지는 아닌데, 그냥 그 존재만으로도 집의 시그니처가 되어버린 물건들이다. 그중 몇 가지를 소개해본다.

[벽난로]

아마 영상을 보았던 분들은 다 기억할 것 같다. 진짜 벽난로처럼 생긴 가짜 벽난로가 있는 집이 있었다. 거실에 들어서면 벽난로밖에 안 보일 정도로 임팩트가 강했다. 난방을 켜면 바닥에서 보일러가 빵빵하게 도는 우리나라 집 구조에서는 사실상 벽난로가 필요 없다. 이분이 벽난로를 산 이유도 물론 실용성보다는 그냥 '마음에 들어서'다.

　"미국 드라마 〈섹스앤더시티〉를 보면 벽난로가 있는 집이 나오거든요. 그게 너무 마음에 들어서 35만 원 정도 주고 구매했어요."

"와, 진짜 신기하네요. 그래서 써보니까 만족도는 어떤가요?"

"……."

뭐, 좀 불필요하면 어떠한가. 흔하게 팔지 않는 물건인 만큼 구매할 때부터 꽤 공이 들어갔을 텐데, 그런 물건 하나가 집주인의 아이덴티티를 반영하기도 하는 것 같다. 평범한 구조의 아파트여도, 벽난로를 놓으면 갑자기 북유럽 어딘가에서 타닥타닥 장작 태우는 안락한 집처럼 느껴지는 것이다. 어떤 물건은 그 존재만으로도 공간의 성격 자체를 바꿔버린다. 그 정도 효과까지 생각하면 제 값어치를 충분히 해내고 있다고 봐도 좋지 않을까! 참고로 이 벽난로는 이제 제 역할을 다 끝냈는지 당근마켓으로 떠나보냈다고 알고 있다.

[샹들리에]

집의 조명을 바꾸는 것은 가장 간단하고도 몹시 효과적인 인테리어다. 조명만 세련되게 바꿔도 집이 훨씬 예뻐보이는 효과가 확실히 있다. 음, 그런데 샹들리에라고요?

광주에 사는 분이었는데, 거실과 방에 샹들리에가 총 세 개나 걸려 있었다. 내가 태어나서 샹들리에라는 단어를 검색창에 넣어보기라도 한 적이 있던가 잠시 생각해봤다. 없는 것 같다. 그런데 그걸 검색해서, 구매해서, 집에 설치한 자취인이 있다니, 역시 세상은 넓고 사람은 다양하다. 확실히 샹들리에가 걸려 있는 것만으로도 일반적인 집과는 분위기가 확 달라졌다. 침실은 거의 '왕좌의 게임'을 연상시킨다.

　물론 불편한 점도 있다고 한다. 일단 층고가 높은 편인데도 샹들리에는 아래로 매달려 있는 형태인 만큼 서 있으면 부딪치기 쉽고, 또 그 샹들리에가 결국 하나의 거대한 조명이기 때문에 상당히 밝다고 한다. 좋게 말하면 밝은 것이고, 안 좋게 말하면 '눈뽕'이다. 사실 우리나라 주거 형태에서 흔하게 볼 수 없어 해외 배송까지 해야 하는 아이템에는 다 이유가 있기 마련이다. 그런데 하지 말라면 꼭 하는 사람들이 있고, 그런 분들 덕분에 섬네일을 고민 없이 뽑아낼 수 있다(?). 오히려 어렵게 들인 하나의 아이템이 집의 이미지를 만들고 보여줄 수 있는 만큼, 살고 있는 분은 좀 불편해도 구경하는 사람 입장에서는 이렇게 신기하고 흥미로울 수가 없는 것이다. 로망을 과감하게 실현할 용기와 추진력이 있다는 사실이 한편으로는 부럽기도 하다.

[금고]

호텔에 가면 옷장 안쪽에 금고가 있다. 있긴 있는데 나 같은 사람은 아마 평생 열어볼 일도 없을 것이다. 그저 지형지물의 일부일 뿐, 써볼 생각은 한 적이 없다. 그런데 바로 그 금고를 집에 구비해둔 분이 있었다. 안에 금두꺼비 같은 게 있는 건 아니고 그냥 부동산 서류나 여권 같은 걸 넣어둔다고 한다. 집에 금고가 필요할 수 있다는 생각은 한 번도 해본 적이 없는데, 그분의 설명을 들으니 점점 설득이 되어갔다. 왜, 살다 보면 중요한 물건이긴 한데 1년에 한 번 정도 찾거나 쓰게 되는 것들이 있지 않은가. 무슨 서류, 계약서, 여권, 도장 같은 것들! 그런데 금고가 있으면 내가 무의식적으로 중요하게 생각하는 걸 넣어두고, '어디 뒀더라?' 할 때 열어보면 되는 것이다. 누가 훔쳐갈까봐 금고에 넣는다기보다, 그냥 중요하고 소중한 물건들을 모아서 보관하는 의미로 사용하면 너무 좋을 것 같았다. 그래서 평생 금고를 만져본 적도 없는 1인인데도 촬영 후에 금고를 홀린 듯이 따라 샀다. 그리고 곧 환불했다. 집에 둘 자리가 없었다.

NOTE	어떤 물건은 그 존재만으로도 공간의 성격 자체를 바꿔버린다.

일잘러의 프로페셔널한 집

7평 오피스텔에 작업실이 있다

좋아하는 취미가 직업이 되면 어떨까? 경험자들의 이야기를 들어보면 항상 행복하지만은 않은 것 같다. 내킬 때에만 설렁설렁 하던 취미가 일이 되어버리면 싫어도 해야 하는 일, 때로는 필사적으로 해야 하는 일이 되기 때문일 것이다. 하지만 한편으로는 그만큼 좋아하는 분야에 조금 더 진지하게 몰두하는 기회가 된다는 뜻이기도 하다.

사실 나도 그런 케이스다. 재미있고 좋아서 하던 유튜브가 아예 직업이 되면서, 집은 하루 종일 촬영에 대해 고민하고 편집하고 업로드하는 장소가 됐다. 실제로 좋아하는 취미를 직업으로 갖게 되면 퇴근을 기점으로 회사와 집을 딱 잘라 분리하기보다는, 일을 내 집과 내 삶 속에 기꺼이 들여놓는 분들이 많은 것 같다.

그중 기억에 남는 집 중의 하나가 7평 남짓한 오피스텔 한복판에 떡하니 음악 작업실을 설치해둔 분의 집이었다. 신설동에 살고 있는 음악가인데, 월세로 4년을 살다가 최근에 오피스텔을 매매해서 이사했다고 한다. 그대로 떼어서 어디에 두어도 사방이 막힌 네모난 작업실이 되는 이 공간은, 그전에 살던 집에도 설치해서 쓰다가 그대로 떼어 옮겨온 것이다. 문을 열고 들어가면 천장까지 둘러싼 방음벽에, 키보드, 스피커, 알아볼 수 없는 전문가용 장비들이 빼곡하게 놓여 있다. 전문가용 장비들 외에 이 방음용 작업실의 이사 비용만 해도 100만 원 가까이 들었다고 한다.

집에서 프리랜서로 일을 하거나 취미생활을 위한 장비들을 두는 분들도 많지만, 집이라는 공간이 갖는 본연의 역할이라면 역시 먹고 쉬고 자는 게 핵심일 것이다. 그래서 '집'이라고 하면 아무래도 먹는 곳, 눕는 곳, 잠자는 곳에 공간을 많이 할애하기 마련이다. 그런데 이곳은 집 한복판에 작업실이 들어가 있어서, 사실 그리 좁지 않은 7평 공간인데도 생활을 할 수 있는 자리는 상당히 줄어들 수밖에 없었다. 심지어 작업실을 사이에 두고 방과 부엌을 지나다닐 때는 몸을 옆으로 돌려서 게걸음을 해야 하는 상황이다. 불편한 점도 많을 텐데 작업실에 이 정도 비중의 공간을 내어줄 수 있다는 것은, 그만큼 내 삶에서 이 일이 몹시 중요하다는 의미일 것이다.

"처음엔 고민이 많았죠. 이 작업실을 집에 설치하는 게 맞나? 따로 구하는 게 당연히 더 좋긴 하겠지만, 작업실을 구하려니 너무 비싼 거예요. 그래서 좀 무리해서라도 작업실을 설치한 건데, 5년째 잘 쓰고 있으니까 나름 알차게 쓴 것 같아요."

천장까지 모든 면이 다 막혀 있지만, 비전문가로서 혹시 몰라서 실험도 한번 해봤다. 한 사람이 작업실 안에서 큰 소리로 고함을 지르고 다른 사람이 밖에서 들어봤더니, 그 결과는? 평범하게 대화하는 소리보다도 더 작게 들린다. 확실히 층간소음 걱정은 없어도 될 것 같다.

문제는 작업실 안쪽엔 에어컨이 없어서 여름에 너무 덥다는 것인데, TMI지만 옷을 벗고 작업할 때도 많다고 한다. 역시 예술가의 영혼은 자유롭다. 그게 바로 집의 작업실화가 주는 최대의 장점 아니겠는가! 참고로 작업실에 모든 장비가 다 들어갈 수 없어서 작업실 바깥에도 피아노 한 대가 놓여 있었는데, 이건 지갑이나 모자 같은 걸 올려 두는 용도라고 한다. 운동기구만 옷걸이가 되는 게 아니었구나. 사람 사는 거 다 똑같다.

집만 봐도 이 사람은 프로다

처음 만나는 사람에 대해서 정보가 별로 없을 때, 이를테면 소개팅 같은 걸 할 때 꼭 물어보는 단골 질문들이 있다. '쉴 때는 주로 뭘 하세요? 영화는 어떤 장르를 좋아하세요? 즐겨 듣는 노래는 어떤 건가요? 운동은 종종 하세요?' 그 사람이 즐기는 취향이나 휴식의 형태로 미루어 그 사람에 대해서 언뜻 짐작할 수 있기 때문이다.

하물며 가장 사적인 공간이라고 할 수 있는 집은 어떻겠는가. 상대방에 대해서 나이도, 직업도, 심지어 성별도 모르는 채로 방문했다가도 집을 구경하는 것만으로 그 사람에 대해서 조금은 알게 된 것 같은 기분이 든다. 우리가 만난 적도 없는 연예인들의 성격이나 MBTI를 짐작해보기도 하는 것처럼, 내 채널의 영상을 보는 분들 역시 15분 정도 집만 둘러볼 뿐인데도 그 집에 사는 사람에 대해 나름대로의 어떤 인상을 받는 것 같다.

그리고 일부러 그런 의도를 반영해 집을 연출하는 분들도 있다. 중학교 동창이 미국 할리우드에 15년째 살고 있는데, 미국 촬영 때 정말 오랜만에 그 친구의 집에 가봤다. 지금 특수효과를 만드는 일을 하고 있다고 하는데, 최근에는 콜드플레이와 BTS가 함께한 'My Universe'를 작업했다고 한다. 특수효과 3초를 만들기 위해서 1,000시간이 걸릴 때도 있다는데, 멋지고 신기한 일을 하고 있는 친구였다. 그리고 그런 작업을 하는 컴퓨터 자리를 누가 봐도 이쪽 분야의 일을 하는 사람이구나 하고 알 수 있게끔 꾸며놓았다.

"사람들 데스크가 다 똑같이 생겼잖아요. 클라이언트가 딱 와서 봤을 때, 자리에서부터 나에 대해서 알게 해주고 싶었어요. 그래서 책상 유리 아래쪽에 제가 좋아하는 음반, 책, 포스터, 그런 것들을 쫙 깔아놨죠. 제가 일하는 자리를 통해서 내가 어떤 사람인지 보여줄 수 있잖아요. 그걸 일부러 의도했어요."

클라이언트가 방문했을 때, 일하는 자리가 일종의 명함이나 포트폴리오처럼 보일 수 있도록 연출해둔 셈이다. 나도 자기 어필이 중요한 프리랜서가 되었기 때문에, 내 집에도 적용해야겠다는 혼자만의 다짐을 해봤다. 그런데 재미있는 건, 이렇게 집만 봐도 직업을 알 수 있는 경우도 있지만 집에 꼭 직업적인 요소가 드러나 있지 않아도 어떤 집에서는 프로의 냄새가 폴폴 풍긴다는 것이다. 잘 꾸며지고 정돈된 집만 봐도 '저 사람은 일 잘하는 사람'이라는 느낌을 받게 될 때가 있다.

이를테면 집에 IoT를 꼼꼼하게 연결하고 전선 마무리까지 완벽하게 해놓은 치과 의사의 영상에는 '그 치과가 어디예요?' 하는 댓글이 달리고, 사소한 소품도 200% 활용해서 기가 막히게 인테리어를 해놓은 헤어 디자이너의 영상에는 '저도 머리 하러 가고 싶어요' 하는 댓글이 달린다. 집만 봐도 프로페셔널이 느껴지는 것이다.

집 사진을 찍는 사진가의 집

한 번은 어느 건축 사진가의 집에 방문했다. 사진 중에서도 건축물만 전문적으로 찍는 분이고, 그게 직업이다 보니 주택을 무려 300군데 넘게 다녔다고 한다. 어떻게 보면 남의 집을 찍는다는 점에서 나랑 비슷한 일을 하는 셈인데, 이분의 집은 다양한 집을 만나본 경험들이 자신만의 개성으로 여실히 반영되어 있었다. 정말 그동안 가본 집 중에서 다섯 손가락 안에 들 만큼 독특하게 꾸며진 집이었다. 인풋은 비슷한데 아웃풋이 이렇게 다를 수 있다는 게 놀랍다. 원래는 도시계획을 전공했는데, 전국 여기저기를 다니면서 취미로 사진도 찍다 보니 취미가 직업이 된 케이스라고 했다. 좋아하는 일을 직업으로 하게 된 거지만 참고로 놀러갈 때는 카메라를 안 들고 간다고 한다.

아무튼 이 집의 구조 자체는 20년쯤 된 평범한 투룸 빌라인데, 그 흔한 도화지에 정말 자기만의 그림을 그려냈다. 우리가 흔히 생각하는 집에 대한 이미지는 깔끔하게 다 부숴버린 집이었다. 보통은 거실, 안방, 작은방으로 구분하는 구조인데 거실을 사랑방으로, 가장 넓은 안방을 사무실로 쓴다고 한다. 그러면 침대는 어디에 있지? 사랑방에 내가 평상처럼 올라가 앉아 있던 자리가 있었는데, 그 아래쪽을 서랍처럼 잡아당겼더니 침대가 등장했다. 세상에…… 이렇게 평상 겸용으로 서랍식 침대를 사용하는 건 상상도 못 해봤다.

"건축물을 많이 보고 찍다 보니까, 저는 하나의 공간이라도 높이가 다를 때 그곳에서 느낄 수 있는 다양한 경험이 좋더라고요. 평소에는 평상처럼 위에 올라가서 앉기도 하고, 잘 때는 그 안으로 들어가서 침대로 쓰고, 또 바닥에서 평상을 테이블처럼 쓸 수도 있고. 그렇게 다양하게 활용할 수 있다는 게 좋아서 주문 제작을 했어요."

본인은 관짝 같다(?)고 표현했지만, 공간 활용도가 높은 것은 물론이고 실제로 누워보니까 꽤 아늑했다. 보통은 당연히 집에서 가장 큰 안방에 침대가 있다고 생각할 텐데, 수많은 공간 경험을 토대로 정말 독창적인 인테리어를 구현한 분이었다. 건축 사진에 대해서는 잘 모르지만, 그만큼 건축물에 대한 전문성뿐 아니라 애정과 치열한 고민도 엿보이는 것 같았다. 일에 애정과 열정이 있는 프로들은 내가 머무는 공간도 허투루 하지 않는 게 아닐까. 간혹 신기한 직업을 가진 분들을 보면 이런 사람들은 어떤 집에서 살까, 궁금해질 때가 있는데 집을 통해 다양한 직업의 면모를 슬쩍 엿볼 수 있어 나에게도 신선한 자극이 됐다. 프로의 세계로 발돋움하고 싶은 유튜버의 집은 어떻게 꾸며야 할지도 고민해보게 되고 말이다.

> NOTE
>
> 일에 애정과 열정이 있는 프로들은 내가 머무는 공간도 허투루 하지 않는 게 아닐까.

유튜버의 치밀한 브랜딩이
담긴 사무집

일하는 집이 되었습니다

예전에 살던 원룸에서는 침대 바로 옆에 책상이 착 붙어 있었다. 나의 소박한 인테리어 재능으로는 도저히 더 좋은 구조를 찾을 수가 없었다. 그러다 보니 일을 하다가 그대로 침대에 쓰러져서 잠들기도 하고, 일하던 자리에서 그대로 밥도 먹고, 즉 먹고 자고 일하는 걸 말 그대로 한 자리에서 다 하는 셈이었다.

그리고 작년에 퇴사를 결심한 뒤, 새로운 라이프스타일에 맞춰 집의 구조에 대해서 다시 고민하게 되었다. 앞서 언급했던 것처럼 새로운 집의 정체성은 '사무집'이다. 내가 거주하는 집이면서 동시에 일을 위한 사무실이기도 한 공간이 되었기 때문이다. 그래서 일부러 집보다는 사무실 느낌이 나는 오피스텔을 골랐다. 이 집을 봤을 때 전반적으로 새하얀 공간에 천장도 높은 편이고, 벽에 벽지 대신 페인트칠이 되어 있다는 점도 마음에 들었다. 무엇보다 현관에 들어서자마자 맞은편의 큰 창으로 한강이 보인다. 무려 한강뷰! 물론 미리 예상했던 것처럼 장점만큼 단점도 있다. 창이 크니까 햇빛이 세고, 햇빛이 세서 겨울에도 덥다. 겨울에도 창문을 열어놓을 정도니까 다가올 여름을 생각하면 약간 아찔해진다.

아무튼 인테리어 재능을 타고 태어나지 못했기 때문에 인테리어는 전문 업체의 도움을 받아서 진행했는데, 사무실로 쓸 거실은 브루클린의 힙한 스타트업 분위기로 해달라고 요청해봤다. 뭔지 느낌 아시죠? 그래서 거실엔 앉아서 쉴 수 있는 소파나 편한 의자는 두지 않고, 미팅이나 작업을 할 수 있도록 큰 테이블과 의자 여러 개를 놨다. 대신 잠을 자는 침실은 힘을 좀 빼고, 따뜻한 나무색 바닥에 푹 쉬고 잠만 잘 수 있는 편안한 공간으로 가구들을 배치했다. 타일 카페트로 바닥을 까니까 침실만 분위기를 바꿔주기에 좋았다. 혹시 뭘 흘리더라도 바닥 타일 한 칸만 싹 교체해주면 된다. 의외로 바닥 색깔이 공간에 영향을 많이 미치기 때문에, 크게 힘 안 들이고 집 분위기를 확 바꿔보고 싶은 분들에게도 추천한다.

최근에는 코로나 때문에 집에서 근무하는 분들도 늘어나면서, 집이 휴식 공간뿐 아니라 업무를 위한 홈오피스 공간이 될 필요성이 높아지고 있는 것 같다. 나도 이제는 완전히 재택근무자가 된 셈인데 본격적으로 집에서 일을 하니 느낌이 또 새롭다. 출퇴근의 경계가 사라지면서 회사에 다닐 때에 비해 내 삶에서 오히려 일의 비중이 커졌다. 유튜브라는 게 몰아서 연차 쓰듯이 일시 정지를 할 수도 없는 일이라 더더욱 멈추지 않고 열정을 쏟게 된다. 그러다 보니 집도 좀 더 일하는 공간에 가까워지는 게 당연한 것도 같다. 이제는 사무집이라는 명명으로 판까지 깔아뒀으니 나의 본분을 한시도 잊지 않고 열심히 달리려고 한다. 역시 건강보다 영상 아니겠습니까.

나를 보여주는 또 다른 얼굴

유튜브를 통해 나를 알게 된 분들은 대부분 나에 대해서 '밝고 활기찬 청년' 정도의 이미지로 봐주고 있는 것 같다. 어쩌면 당연한 일이다. 결국 내가 보여주고 싶은 활발하고 예의바른 나의 이미지를 편집해서 영상으로 드러내고 있는 셈이니까. 많은 사람을 만나는 일을 하다 보니,

짧은 만남이더라도 되도록 좋은 인상을 주고 싶어서 개인적으로 노력도 많이 한다. 내가 쭈뼛거리면 집주인이 더 어색할 수 있기 때문에, 영상을 찍는 동안에는 정말 '내 집처럼' 편하게 있는 모습을 보여드리려는 것도 실은 이미지 메이킹을 위한 노력의 일환이다. 뻔뻔한 소리 같지만 진짜다.

아마 그런 가볍고 호쾌한 느낌으로 나를 봐주시는 분들이 지금의 내 집을 보면 내 이미지와는 무척 안 어울린다고 생각하실 것 같다. 편하고 쿨하게 널브러뜨리며 살 것 같지만 사실 나는 일부터 내 일상, 그리고 집까지도 굉장히 비즈니스적인 성향이 강하다. 그리고 생각보다 예민하다. 많은 사람들이 보는 콘텐츠를 만들려면 재미있으면서도 만드는 사람이 일적으로 예민해야 한다고 생각한다. 그래서 영상 하나를 편집하더라도 내 의도가 꼼꼼하게 반영되게끔 하려고 노력하는 편이다. 예를 들어 본격적인 집 구경 전 동네에서 오프닝을 찍는 것도 집 안 모습만으로 설명되지 않는 주변 환경을 보여주려는 의도도 있고, 가끔 광고가 있을 때에도 대상을 자연스럽게 노출할 수 있다는 부분까지 고려한 것이다.

그래서 지금 집을 구할 때에도 업무나 미팅을 하는 장소로서의 역할을 상당히 의식했다. 일단 여의도라는 위치 자체가 주변 환경적으로 사람들이 모두 일하는 동네다. 집이라고 해서 일할 때 긴장감이 떨어지거나 너무 처지면 안 되는데, 주변이 모두 사무실이기 때문에 마음가짐도 좀 달라질 것 같았다. 주변 환경 자체가 친근하거나 편안하기보다 조금은 경직되고 바쁜 듯한 분위기라 영향을 받을 수밖에 없다.

또 예전에 다른 사무실에 미팅을 간 적이 있는데, 1층에서부터 보안이 굉장히 잘 되어 있었다. 방문자 입장에서는 불편한 점도 있겠지만 그런 요소까지도 잘 관리되고 있는 사무실의 이미지에 하나의 플러스 요인이 된다고 생각했다. 그래서 지금 집도 1층 보안 시스템까지 고려해서 구했고, 집에 들어왔을 때 전반적으로 안락한 휴식의 공간보다는 깔끔한 사무 공간의 이미지를 주려고 했다. 하얀 페인트칠을 한 커다란 기둥이 있는 것도 그런 이미지에 한몫할 것 같았다.

내 집을 보여줬을 때 사람들의 눈에 내가 어떤 이미지로 보일지를 꼼꼼하게 계산한 선택의 연속들이었던 셈이다. 누군가 업무차 미팅을 왔을 때 이 사람이 취미로 대충 하는 것이 아니라, 정말 각 잡고 제대로 일하는구나 하는 이미지를 보여주고 싶었다. 물론 그런 것보단 실제 결과물이 더 중요하지만 내 집이 내 첫인상이 되기도 하는 상황에서는 어느 정도의 이미지 메이킹도 나에 대한 브랜딩이 될 수 있으니 말이다.

또 이왕이면 조금 더 좋은 집을 구하려고 했던 데에는 개인적으로 다른 이유도 있었다. 예전에 첫 회사에 들어갔을 때 건물이 너무 오래돼서 불편한 점이 한두 가지가 아니었다. 특히 화장실 갈 때 모기가 너무 많아서 매번 에프킬라를 들고 다녀야 했다. 안 그래도 일을 하다 보면 스트레스를 받을 수밖에 없는 건데, 그런 외부적인 요소로까지 불필요한 스트레스를 받고 싶지 않았다. 광고주 미팅도 하고, 직원분들도 출근할 테니까 그런 자잘한 불편 요소를 줄이는 것도 내게 중요했다.

그렇게 최근에 이사를 하면서 어떻게 보면 '자취남' 시즌 2가 시작되었다고 생각한다. 혼자 자취를 하듯이 혼자서 일을 하고, 모든 결정과 그에 따른 책임을 내가 져야 하는 게 부담스럽기도 하지만 아직은 그게 나쁘지 않다. 할 수 있는 한 최선을 다한 뒤에 안 돼도 내 탓, 잘 돼도 내…… 아니, 잘 되면 모든 게 구독자님들 덕분입니다.

NOTE 내 집이 내 첫인상이 되기도 하는 상황에서는 어느 정도의 이미지 메이킹도 나에 대한 브랜딩이 될 수 있다.

빨래할 때
한꺼번에 *VS* 나눠서

한꺼번에 54% | **나눠서 46%**

세탁기에도 울 세탁, 아기옷 세탁, 삶음 세탁 등등 기능은 많지만 그냥 뭘 빨든 표준 세탁으로 돌려버리는 무던한 사람도 있고, 옷의 종류나 색깔에 따라 최적으로 관리할 수 있도록 섬세하게 나누어 세탁하는 사람도 있을 것이다. 나는 빨래를 모아서 그냥 한꺼번에 털어 넣는 타입이다.

투표 결과를 보면 나처럼 한꺼번에 빨래하는 사람이 54%로 더 많은데…… 댓글을 보면 모두 침묵하고 있다. 종류별, 색깔별로 나눠서 빨래하는 분들만 댓글로 자신만의 팁을 다양하게 남겨주었다. 아무래도 한꺼번에 빨래하는 분들은 딱히 코멘트할 만한 얘기가 없는데, 나눠서 하는 분들은 각자 이유와 의미가 있으니까 그런 이야기를 남겨주는 게 아닌가 싶다.

이렇게 투표를 진행해보면 신기한 마음이 크다. 나눠서 빨래하는 게 옷가지를 관리하는 데에는 더 좋은 방법이겠지만, 결과적으로 보면 좀 더 많은 사람이 한꺼번에 하는 걸 선호한다는 것이다. 무엇이 옳고 나쁘다고 생각하기보다는, 그만큼 각자에게 편하고 당연한 방법이 있다고 이해할 수 있을 것 같다. 평소에는 그런 얘기를 할 기회가 별로 없다 보니 그냥 혼자만의 비밀스러운 사생활(?)이었던 것인데, 이렇게 공유하다 보면 때로는 내가 생각지도 못했던 다른 선택지가 누군가에게는 당연한 것이었다는 게 새삼 놀랍다.

다만 빨래부터 청소, 쓰레기 버리기까지 다양한 생활 습관에 대해서 '왜 저렇게 하느냐'고 날선 댓글이 달릴 때도 있다. 살림에 대해 갑론을박이 많은 와중에 '옳다'고 생각하는 바람직한 관리법이 있을 수 있겠지만, 그렇게 하지 않는 사람들에게는 그게 맞는 방법일 수도 있다는 걸 서로 존중해줄 수 있었으면 좋겠다. 이를테면 내가 찬양하는 아이템인 건조기를 쓰면 옷이 줄어들 수 있다는 건 아는데, 나는 그냥 한 사이즈 더 큰 걸 사서 건조기 돌리는 삶을 살고 싶다. 그러니까 빨래를 한꺼번에 몰아서 하는 나 같은 분들, 우리 당당해집시다.

Part 3. 각자가 사는 모습은 다르다

계단 있는 2층집,
복층 오피스텔의 함정

상상과는 좀 다를지도 몰라요

내가 처음 혼자 살기 시작했던 곳은 복층 오피스텔이었다. 사실 나에게도 있었다, '복층'에 대한 환상과 로망이! 외국 영화를 보면 웬만한 중산층은 다들 비싸 보이는 2층 주택에서 살던데, 비록 10평이 안 되는 원룸이지만 집안에 '계단'이 있다는 것 자체가 집에 대한 로망을 좀 자극하는 데가 있지 않은가.

복층 오피스텔은 보기에 예쁘다는 것 말고도 직관적인 장점이 있다. 가장 중요한 건 일단 복층 면적이 평수에 포함이 안 된다는 점이다. 똑같은 6평 오피스텔이라도 복층 구조의 경우에는 추가 면적이 더 주어지는 셈이다. 덕분에 방이 하나 더 있는 것처럼 공간을 구분해서 사용할 수 있게 된다. 나는 1층에는 식탁이나 컴퓨터를 둬서 밥을 먹거나 일하는 공간으로 쓰고, 2층에는 침대만 놓고 잠자는 공간으로 썼다. 만약 고양이를 키우는 분이라면 계단이라는 지형지물이 캣타워가 되어주는 셈이니 그것도 장점이라고 할 수 있을 것이다.

그렇게 그 집에서 산 지 몇 달 후, 내가 유튜브를 시작한 이후 처음으로 반응이 오면서 구독자가 몇천 명대로 늘어나게 된 영상이 바로 '복층 오피스텔은 예쁜 쓰레기다'라는 영상이었다. 복층 오피스텔의 단점을 고발(?)하는 영상이 어떻게 보면 나를 유튜버로 만들어준 셈이다.

복층 구조는 일단 보기에는 무슨 인형의 집처럼 예쁜데, 잘 보면 조금 기형적인 것도 사실이다. 2층이라기보다는 1.5층의 느낌이라서 2층의 층고가 매우 낮기도 하고, 특히나 그 2층이 주거하는 데에 찰떡같이 적절한 구조라고 하기는 좀 어렵다. 일단 내가 살던 집의 경우에는 아주 춥거나 아주 더웠다. 겨울에는 위쪽으로 난방이 안 되기 때문에 공기가 찰 수밖에 없다. 여름에는 에어컨 바람이 2층으로 너무 가깝게 오기 때문에 직접적으로 닿으면 너무 춥고, 끄면 당연히 너무 덥다. 잠잘 때 적당한 온도를 찾는 게 정말이지 너무 어려웠다.

게다가 잠잘 때 화장실 가려고 계단을 내려오는 게 상당히 귀찮은데, 이 문제는 구독자님께 선물로 받은 요강으로 해결했다. 살짝 현타가 오는 걸 제외하면 괜찮은 방법이다. 술 좋아하는 분들이라면 특히 추천한다.

그런데 복층을 침실로 쓰면 불편한 점은 자다가 화장실 갈 때 말고도 또 있다. 만약에 집에 이성 친구가 놀러와서 1층에서 분위기가 한창 무르익었다고 치자. 그런데 그러다가 갑자기 경사진 계단을 타고 2층으로 올라가야 한다. 이게 참 말로 설명하기는 애매한데 한창 술 마시다가 갑자기 찬바람을 맞고 술이 확 깨는 그런 느낌이랄까. 그리고 2층 올라가면 또 뭐가 화려하게 있는 게 아니라 층고도 낮은데 매트리스 하나 놓여 있으니까, 갑자기 좀 현실 한 스푼 끼얹는 기분이 드는 거다…… 음, 할 말은 많지만 이 얘기는 여기까지 하겠다. 더 말하기는 불가능하다.

또 한 가지, 층고 높은 집은 시야도 탁 트이는 느낌이라 보기에는 참 좋은데 별거 아닌 것 같아도 치명적인 단점이 하나 있다. 바로 모기를 잡을 수가 없다는 점이다. 모기가 분명히 귓가에서 윙윙거리다가 사라지는데 잡을 수가 없을 때의 그 고구마 100개는 먹은 듯한 기분은 말로 다 못한다. 내 나름대로 방법을 하나 찾기는 했다. 일단 2층에 누워서 자는 척을 하면서 모기를 유인한다. 불 끄고 자는 척하면 모기가 슬금슬금 가까이로 다가온다. 그때 재빨리 불을 켜고 잡으면 된다. 팁이라고 하기는 뭐한데, 더 좋은 방법은 못 찾았다.

10평 이상의 복층 오피스텔

처음 독립하는 분들, 특히 여성분들의 경우에는 아주 높은 확률로 오피스텔을 선택하는 경우가 많은 것 같다. 최소한 내가 만나본 분들에 한하면 여성분들의 첫 자취는 95%가 오피스텔이라 해도 과언이 아니다. 이러한 풀옵션 오피스텔에서의 첫 독립은 어찌 보면 자신의 취향을 찾아가는 과정에 가깝다. 그래서 첫 독립한 20대 분들의 풀옵션 오피스텔은 직접 뭘 꾸미거나 고르는 자유도가 낮다 보니 이렇다 할 특색이 있는 집이 적은 것도 사실이다. 그래서 섬네일에도 보통 평수와 전월세 비용을 적게 된다.

　그런데 똑같은 복층 오피스텔이라고 해도, 면적이 10평을 넘어가면 이야기가 좀 달라진다. 등촌동의 한 복층 오피스텔에 방문했을 때는 들어서자마자 '우와' 소리가 절로 나왔다. 1층 면적이 13평인데, 복층이 포함되어 있으니 체감상 20평 정도의 면적을 누릴 수 있을 듯했다. 보증금이 1,000만 원에 월세가 80만 원대라 저렴하다고는 할 수 없지만, 그만큼 공간 활용도가 좋았다.

보통 10평 이하의 복층 오피스텔은 2층을 침실로 쓸 수밖에 없는데, 여기는 1층에 방과 거실이 나뉘어 있어 방을 침실로 쓰고 있었다. 자다 깨서 화장실을 가려고 불안하게 계단을 내려올 필요가 없다(좋겠다). 1층이 10평쯤 되니까 복층으로 천장이 일부 가려지는 걸 감안해도 층고가 높은 장점이 그대로 느껴지고, 하나도 답답하지 않다. 그러고 나니 거실은 산뜻하게 좋아하는 것들로만 빼곡히 채우는 공간이 되었다.

"와, 이사하려면 거의 50평대 용달차가 필요할 것 같은데요?"

밴드를 하는 분이라 키보드에, 드럼에, 식물들, 직접 찍은 사진을 현상한 포스터, 냉장고에는 모임에서 직접 만든 수제 맥주도 들어 있었다. 처음부터 인테리어를 구상하고 채웠다기보다 좋아하는 물건들을 하나씩 채우다 보니 저절로 인테리어가 완성된 케이스란다. 이쯤 되니 집에서 뭘 하고 노는지 굉장히 궁금해진다. 집만 봐도 열정이 가득한 듯한 취미 부자라 아무래도 심심할 틈이 없을 것 같다.

"집에서는 뭐 하세요?"

"나이 드니까, 그냥 쉬는 게 제일 좋던데요. 뭘 하고 싶지가 않아요. 누워 있는 게 최고예요."

음. 역시 사람 사는 거 다 똑같다.

아무래도 1층 공간이 넓어서 복층을 크게 활용하고 있진 않다고 한다. 천장이 낮으니까 무슨 활동을 하기는 어려워서, 주로 매트를 깔고 낮잠 자는 용도로 쓰거나 빨래를 말리거나, 대부분은 창고 같은 용도로 쓴다고 한다. 그래도 복층 공간 덕분에 거실에는 좋아하는 것들만 채울 수 있도록 선택과 집중이 가능해진 셈이다.

사실 복층 오피스텔에 대해서 단점을 많이 언급하긴 했지만 그래도 같은 평수의 단층 집보다 훨씬 많은 활용도가 있는 건 사실이다. 이제 와서 말이지만 없는 것보다는 역시 있는 게 낫다. 원룸인데도 공간 분리가 되고, 1층에서 침대 놓을 자리만큼을 더 쓸 수 있다는 것만으로도 큰 메리트니까. 다만 복층집에 대한 로망을 너무 크게 가지고 있으면 다소 당황할 수 있으니, 계약하기 전에 펜션이나 에어비앤비에서 한 번쯤 복층 생활을 미리 경험해보는 것을 권한다. 그리고 주변 친구들에게 집들이 선물로 요강을 요청하자.

NOTE	역시 사람 사는 거 다 똑같다.

레벨업한 자취인들의 선택,
빌라와 다가구

내가 원하는 조건 찾기

낙성대에서 자취를 하고 있는 한 초등학교 선생님의 집에는 그분의 자취 역사와 취향이 듬뿍 배어 있었다. 20년 된 빌라라고 하는데, 감성 카페 느낌으로 인테리어를 해서 언뜻 봤을 때 오래되거나 낡았다는 인상은 전혀 받을 수 없었다. 방에는 해가 잘 들어오는 커다란 창 옆에 낮은 침대와 폭신한 암체어를 뒀고, 주방 겸 거실에는 통원목으로 된 6인 테이블이 놓여 있었다. 특히 나뭇가지에서 자연스럽게 늘어뜨린 듯한 디자인의 멋스러운 전등이 이 공간의 편안한 분위기와 잘 어울렸는데, 전구와 소켓, 전선 등을 일일이 따로 사서 만든 것이라고 한다.

"20년 된 빌라가 왜 이렇게 예뻐요?"

스펙만 봤을 때는 꽤 낡은 집일 것 같은데, 이런 집을 선택한 분들은 집을 꾸미는 데에 내공이 들어가 있다. 오래된 집은 아무래도 관심을 가지고 관리해줘야 집 컨디션이 좋아지기 때문에 비교적 자취 레벨이 높은 분들이 사는 경우가 많은 것 같다. 그래서인지 보통 빌라나 다가구에 사는 분들은 첫 자취일 확률이 좀 낮다.

첫 자취를 할 때는 일반적으로 보안에 대한 불안감 때문인지 오피스텔을 선호하는 분들이 많다. 그런데 살다 보면 오피스텔이 공간 넓이에 비해서 비싸고, 또 막상 보안이 뛰어나게 좋은 것도 아니다. 그렇다면 차라리 조금 오래된 건물로 가더라도, 혹은 역에서 조금 멀어지더라도 두세 배 넓은 집을 쓰는 게 어떨까? 하는 생각을 하게 되는 것이다.

보통 빌라는 완전히 역세권이 아닌 곳이 많아 불편한 점이 있을 수 있지만, 같은 금액의 역세권 오피스텔에 비해서 집 평수가 확실히 넓어진다. 특히나 10평을 넘어가면 10평이나 13평이나 비슷한 느낌이지만 10평까지는 1평 차이 하나하나가 정말 소중하지 않은가. 빌라나 다가구는 최소 평수가 보통 9평에서 10평 정도는 된다. 그렇게 넓은 집을 더 선호하는 분들은 차츰 빌라나 다가구를 찾아 옮겨오기 시작하는 것 같다. 내가 살고 싶은 집을 좀 더 구체적으로 그려보고, 내 취향을 반영할 수 있는 공간을 찾게 되는 단계라는 느낌이다.

20년 된 예쁜 빌라에서 살고 있는 이 선생님도 역시나, 이번 집이 세 번째 집이라고 한다.

"집을 구할 때 딱 정해놓은 게 있어요. 타협할 만한 집이더라도, 내가 정한 조건에 안 맞으면 계약하지 말자는 거. 일단 반려동물 가능, 그리고 역에서 거리가 5분 이내여야 한다는 게 저의 필수 조건이었어요. 대신 추워도 되고, 낡아도 된다. 포기할 건 포기한 거죠."

"역에서 5분이기만 하면 그 어떤 험난한 지형도 상관없어요……?"

"크흠…… 네."

역에서 5분이긴 한데 거의 스키장 최상 난이도 버전이라는 함정이 있긴 했다. 아무튼 집을 구할 때 막연하게 '음, 괜찮네?' 정도의 느낌에 의지하기보다는 이렇듯 명확한 체크 리스트를 가지고 있으면 도움이 된다. 포기할 수 있는 것과 포기할 수 없는 것을 정확히 정해두는 것이다. 무조건 햇빛이 잘 들어야 한다든가, 역세권이 아니더라도 적어도 몇 평 이상은 되어야 한다든가, 자신의 우선순위를 정해두면 조금 더 만족스러운 집을 고를 수 있을 것이다.

이곳은 오래된 빌라이다 보니 콘센트가 별로 없다는 단점이 있었다. 아마 예전에는 지금처럼 전자제품이 많지 않았으니 콘센트가 많이 필요하지는 않았을 것이다. 그래서 가구를 자유롭게 배치하는 데 아무래도 한계가 있다는 건 아쉬운 점이다. 하지만 투룸에 전세 1억 8,000만 원인데 따로 관리비가 없다고 한다. 그리고 주차비도 없다.

"물론 관리는 안 해주세요."

아하, 그렇다고 한다. 그래도 금액적으로 꽤 이점이 있다고 봐야 할 것 같다. 고양이도 집이 굉장히 만족스러운지, 고양이 용품을 소개하면 바로 달려와서 시범을 보이며 이렇게나 살기 좋다고 자랑을 했다. "이건 고양이가 발톱 긁는 스크래처예요?" 하면 고양이가 바로 발톱을 긁어보이는 거다. 가구를 이렇게 능숙하게 이용하는 걸 보니 고양이도 자취 레벨이 꽤 쌓인 것 같았다.

오피스텔과 빌라를 비교한다면

망원동에서 방문한 구옥 빌라도 굉장히 감각적으로 꾸민 센스가 돋보이는 집이었다. 이분도 집을 구하는 기준이 분명하고 까다로웠다고 하는데, 일단 주택가에 있는 집을 선호했고 그 외에도 '신축보다는 구옥', '2층 이상의 지상층', '옥상 이용 가능', '투룸', '채광이 좋은 집' 등을 염두에 두고 골랐다고 한다. 구옥을 구하는 분들에게는 이 정도 기준만 맞춰도 굉장히 좋은 팁이 될 수 있을 것 같다. 집을 고를 때 확실한 기준이 있었던 만큼 집 내부도 정말 힙하고 예쁜 카페처럼 꾸며두었다.

아무래도 구옥 빌라는, 물론 차이는 있겠지만 비교적 공간에 대한 규제가 적은 편이다. 벽지 색깔을 바꾼다든가, 타일을 칠한다든가 하는 과감한 인테리어도 가능한 부분이 있다. 그래서인지 이 집에 살고 있는 사람의 색깔이 한껏 반영되어 독특하고 자유로워 보였다.

그리고 보통 빌라나 다가구주택은 보다 조용한 주거지에 모여 있는 경우가 많아서, 이분처럼 주택가의 분위기를 선호하는 분들에게 더 좋은 선택이 될 수 있다. 반면 오피스텔은 보통 상업적 효용이 좋기 때문에 역세권에 있는 곳이 많다. 즉 역세권의 인프라를 누릴 수 있다는 장점이 있다. 하지만 일반적으로 대로변에 위치해 있다 보니 차 소리가 생각보다 시끄러울 수 있다는 문제도 고려해야 한다. 사람에 따라 느끼는 게 다르겠지만, 생각보다 새벽에 굉장히 스트레스가 될 수도 있다.

관리비도 차이가 있다. 이 망원동 구옥은 보증금 500만 원에 월세 50만 원의 투룸이었는데, 관리비는 5만 원 안팎이라고 한다. 확실히 관리비는 오피스텔이 더 비싼 편이다. 오피스텔의 특성상 주거 면적은 좁고 공용 면적은 넓은데, 공용 면적을 기준으로 책정하기 때문에 7평짜리 오피스텔이어도 관리비는 10만 원씩 내게 되는 것이다. 실제로 강남 오피스텔과 서울시 평균 아파트의 관리비를 같은 면적을 두고 비교해본 기사를 보면 강남 오피스텔의 관리비가 2배나 비쌌을 정도라고 한다(더스쿠프, 2020.06.25.). 오피스텔에서는 관리비뿐 아니라 주차비도 내야 하는 곳이 있는데, 아깝긴 해도 이건 본인이 자차가 있다면 어느 쪽이 이득인지 저울질을 잘 해봐야 하는 부분일 것 같다. 차라리 주차비를 내고 편리하게 이용하는 게 낫지, 빌라에서 주차 공간이 부족해 이중주차를 하게 되면 그게 또 엄청난 고통이 될 수도 있기 때문이다.

또 한 가지, 오피스텔에 살다가 빌라로 이사를 가거나, 혹은 그 반대로 빌라에서 오피스텔로 이사를 갈 때 고려해야 할 점 중의 하나가 옵션 여부다. 풀옵션인 곳에서 살다가 옵션이 없는 곳으로 갈 때 가구를 전부 새로 사야 하거나, 혹은 이미 내 가구가 있는데 옵션이 있는 집으로 이사를 가면서 가구를 처분해야 하는 상황이 생길 수 있다. 나는 여태껏 붙박이장이 있는 집에서만 살아서 한 번도 행거를 산 적이 없는데, 이번에 이사하면서 처음으로 행거를 구입하게 됐다. 그런데 또 건조기는 옵션으로 들어가 있어서 원래 가지고 있던 건조기는 당근에 팔았다.

개인적으로 빌라나 다가구주택에 방문했을 때는 오피스텔이나 아파트에 비해서 다양하고 예측하기 어렵게 꾸며져 있어 흥미로운 집들이 많았다. 사실 궁극적으로는 주거 형태와 별개로 어떤 집이나 보다 다양한 선택지가 주어진다면 좋겠다는 생각도 든다. 오피스텔이든, 빌라나 아파트든, 그 안에 담긴 집의 형태가 좀 더 다양해진다면 모두가 조금 더 쉽고 자유롭게 집에 대한 상상력을 발휘할 수 있지 않을까.

NOTE	집을 구할 때 막연하게 '음, 괜찮네?' 정도의 느낌에 의지하기보다는 명확한 체크 리스트를 가지고 있으면 도움이 된다. 포기할 수 있는 것과 포기할 수 없는 것을 정확히 정해두는 것이다.

아파트를 고집하는 이유

공간을 낭비할 수 있는 집

병점의 신축 아파트에서 살고 있는 자취 14년차 선배님을 만났다. 지금 사는 아파트를 매매해서 들어왔다고 하는데, 고시원이나 빨간 벽돌의 하숙집부터 시작해서 오피스텔, 빌라를 거쳐 지금의 신축 아파트까지 오게 되었다고 한다. 어떻게 보면 단계별로 정석을 밟아온 듯한 흐름이다. 하지만 실제로는 이런 루트를 밟는 게 절대 쉬운 일이 아니라는 걸 알기 때문에, 내가 다 감회가 남달랐다.

아파트는 전용 면적 25평으로 사실상 국민 평수라고도 불리는 가장 선호도 높은 평수의 아파트였다. 회사와 가까운 곳으로 이사하면서 병점으로 오게 되었다고 한다. 아무래도 아파트에 가면 1인 가구가 살고 있는 자취집 중에 상당히 넓은 평수를 실감하게 된다. 특히나 이 집은 공간도 넓고 방도 많은데 짐은 별로 없어서 목소리가 울릴 정도였다. 컴퓨터방에는 딱 컴퓨터만 있고, 옷방에는 딱 옷장만 있다. 방마다 70% 정도는 비어 있는 셈이다. 나도 모르게 감탄사가 튀어나왔다.

　"원래 시간, 돈, 이런 소중한 거 낭비하는 게 되게 행복하잖아요. 공간의 낭비도…… 이렇게 좋은 거였네요."

　우리나라에서는 아파트라고 하면 마치 부부와 아이 둘의 4인 가구를 위한 집 같은 느낌이 있는데, 거거익선이라고 혼자 살아도 집은 역시 넓을수록 좋다. 이분은 주로 생활하는 공간인 거실에서도 흔히 하듯이 소파를 벽에 붙여놓지 않고 거실 한가운데에 배치했다. 그러니까 뭔가 카페 느낌도 나면서, 전반적으로 비어 있는 공간적 여유가 더 두드러지는 듯하다. 사실 나는 침대를 벽에 붙이지 않고 양옆으로 바로 내려올 수 있도록 공간을 띄워놓는 게 꿈이었는데, 소파도 이렇게 여백을 두니까 예뻤다. 레스토랑에서 가격 확인도 안 하고 주문하는 것 같은 여유가 느껴지는 게…… 무슨 말이 필요할까. 부럽다. 신축 아파트를 소개하는 영상의 댓글 중에 '평수가 최고의 인테리어'라는 얘기가 있었는데, 딱 이런 집을 두고 하는 말인 것 같다. 다양한 주거 환경을 경험한 분이니만큼 넓은 평수 말고도 아파트로 이사온 것에 대한 장점을 물어봤더니, 아파트만의 다양한 커뮤니티를 누릴 수 있다는 점을 꼽았다.

"아파트 헬스장이나 산책로, 분수, 조경 같은 게 잘 조성되어 있어서 이런 공용 공간의 개념이 커졌다는 게 좋아요. 아무래도 하나의 커뮤니티에 들어와 있는 느낌이 들죠."

부대 시설이 다양하다는 점은 아파트에 살고 있는 분들이 공통으로 꼽는 장점인 것 같다. 미아사거리에 있는 또 다른 신축 아파트를 방문했을 때도 비슷한 말을 들었다. 방 세 개에 화장실 두 개인 25평짜리 집이었는데, 아파트라 세대수가 많아서 관리비는 10만 원 안팎으로 저렴한 편이었다. 아파트 단지 안에 헬스장이 있어서 운동을 할 수 있고, 또 조경이 예쁘게 되어 있어서 시각적으로도 만족스럽다고 한다.

당연히 시설이 편리하고 훌륭하다는 것도 신축 아파트의 장점이다. 집안에서 엘리베이터를 부를 수 있는 버튼이 있거나, 현관에서 외출할 때 오늘 날씨를 알려주는 스크린이 있다든가, 집안 온도 조절 버튼도 터치식에 휴대폰 컨트롤까지 가능하다든가, 이런 신축 아파트에 가면 정말 신문물을 많이 접하는 기분이다.

무엇보다 요즘 아파트를 논할 때 빼놓을 수 없는 게 바로 집값 아니겠는가. 이분은 2016년쯤에 5억으로 매매했는데, 지금은 1.5배가 올랐다고……. 당시에는 부동산이 지금처럼 뜨거운 시기가 아니었고, 투자가 아니라 실거주 목적이었기에 그때도 비싸다는 생각을 하면서 매매했다는데 아주 선견지명이 있는 선택이었다. 다시 한 번, 부럽다.

빌라와 아파트는 어떻게 다를까

우리나라의 일반적인 주거 형태를 크게 단독주택과 공동주택으로 나누어 본다면, 많은 자취인들이 흔히 살고 있는 공동주택은 그 종류가 다시 몇 가지로 나뉜다. 아파트, 연립주택, 다세대주택 등인데 이를 구분하는 법적인 기준이 정해져 있다. 아파트는 주택으로 쓰이는 층수가 다섯 개 층 이상인 주택, 연립주택은 주택으로 쓰이는 한 개 동의 바닥면적이 $660 m^2$를 초과하면서 층수가 네 개 이하인 주택, 그리고 다세대 주택은 한 개 동의 바닥면적이 $660 m^2$ 이하이면서 마찬가지로 층수가 네 개 이하인 주택이다. 연립주택과 다세대주택을 통틀어서 흔히 빌라라고 한다.

그래서 보통 빌라와 아파트의 차이점을 단순하게 생각하면 빌라는 비교적 저층, 아파트는 고층주택의 형태라고도 볼 수 있지만, 층수 이외에도 몇 가지 차이점이 있다. 한 가지는 분양할 때 아파트는 대부분 선분

양, 빌라는 보통 준공이 완료된 다음에 후분양을 한다는 것이다. 그러다 보니 아파트는 분양을 받고 나서도 이사할 때까지 1~3년을 기다려야 하는 경우가 많은데, 빌라는 비교적 빠르게 이사를 할 수 있다는 것이 장점이다. 대신 아파트는 부대 시설이 잘 갖춰져 있어 단지 내에서 다양한 편의를 누릴 수 있다. 아파트는 빌라와 달리 주차장, 놀이터, 헬스장 등의 문화시설이나 편의시설을 갖추고 있는 경우가 많아서, 실제로 방문해보면 편의성이나 집 관리의 측면에서 아파트가 확실히 수준이 높다.

무엇보다 많이들 아파트를 선호하는 이유는 거주 공간 자체도 있지만 아무래도 재화적인 가치가 크기 때문일 것이다. 가장 평균적인 84㎡의 평수 자체가 현금으로 환산되기가 쉽다는 특징이 있다. 빌라의 경우는 신축을 구매해도 이후에 점차 가격이 떨어지는 경우가 많은데 아파트는 입주하기 전부터 가격이 오히려 상승하는 경우가 많기 때문에, 현재 우리나라의 부동산 상황에서 자산적 가치로 따져봤을 때 아무래도 아파트가 유리하다고 볼 수 있다.

그러다 보니 아파트는 무리해서라도 매매를 하는 분들도 많다. 예전에는 사실 결혼을 해야 집을 산다고 생각하는 사람들이 많아서 자취인이 매매를 하는 케이스가 흔하지는 않았던 것 같은데, 최근 들어 말 그대로 '영끌'을 해서 집을 사는 사람들이 굉장히 늘어났다. 물론 매매를 한다고 해도 몇 억이 되는 금액을 내 돈으로만 사는 사람은 거의 없을 것이다. 대출을 받아야 하는데, 아파트는 보통 거래 흔적이 많이 남아 있기 때문에 빌라에 비해서 대출도 잘 나온다.

실제로 한국인 절반이 아파트에 살고 있다고 할 만큼 우리나라에서 아파트의 비중 자체가 상당히 높은데, 언제부턴가 '주거 공간'보다는 '투자 대상'으로 인식되는 측면이 강해진 것 같다. 그러다 보니 좋은 집을 저렴하게 구하려면 3대가 덕을 쌓아야 한다는 말이 나올 정도로, 꼭 비싼 집이나 넓은 집이 아니더라도 내 상황에 맞는 좋은 집을 구하는 게 점점 어려워지는 추세다. 부동산 시장이 앞으로 어떻게 나아갈지는 모르겠지만, 1인 가구로서 더 다양하고 합리적인 주거 환경이 늘어났으면 싶다.

사실 독립한 1인 가구를 소개하는 '자취남' 채널에 4인 가족도 살 수 있을 법한 넓은 평수의 아파트가 등장하면 20대 초반이나 사초생분들이 보기에 괴리감이 느껴질 수도 있을 것이다. 그래서 비싸거나 넓은 집이 나오면 부정적으로 바라보는 시선도 없지 않다. 그런데 내 채널에 나오는 분들이나 시청자층도 30대인 분들이 많다 보니 어느 정도는 사회에서 자리를 잡고 있는 분들이 많다. 아무래도 집에서 막 독립할 때에는 아직 모아놓은 돈이 없기 때문에 선택지도 그만큼 좁아지는 것은 어쩔 수 없는 일이다. 하지만 30살, 40살 넘어서 사회적으로 연차가 쌓이다 보면 자연히 집에 대한 선택지도 넓어지게 된다. 그러다 보면 차차 자신의 필요나 선호에 따라 조금 더 편리하거나, 조금 더 넓은 집을 찾을 수 있게 될 거라고 본다. 그래서 보통은 첫 자취를 하는 분들보다는 사회적으로 경력이 쌓이고 경제력도 있는 분들이 차근차근 이사를 거쳐서 끝판왕 느낌으로 아파트에 가는 경우가 많은 것 같다.

어떻게 보면, 자취를 하면 싸고 좁은 집에 살아야 한다는 고정관념에 머무르는 것이 오히려 발전해나가기 어렵지 않을까. 개인적으로는 자취에 대한 열악한 인식이나 선입견이 조금씩 달라졌으면 하는 바람이다. 그런 의미에서, 아직 청약 통장이 없는 분들은 지금이라도 빨리 만들어두자.

> **NOTE**
> 자취를 하면 싸고 좁은 집에 살아야 한다는 고정관념에 머무르는 것이 오히려 발전해나가기 어렵지 않을까.

월세가 좋을까 전세가 좋을까

저울질을 해보자

집을 구하려는 자취생들이라면 월세와 전세 제도를 한 번쯤 저울질해 봤을 것이다. 전세 제도는 의외로 우리나라에만 있는 제도라고 한다. 말하자면 집을 구매하기에 돈이 부족한 세입자들이 전세 보증금을 집주인에게 빌려주고, 집주인은 세입자에게 빌린 돈으로 또 다른 자산에 투자할 수 있게 해주는 제도다. 매달 일정 금액을 고정비로 지출해야 하는 월세에 비해서 계약 기간이 끝나면 보증금을 그대로 돌려받을 수 있어서, 어느 정도 목돈이 있다면 월세보다는 가능하면 전세를 선택하는 게 이득일 수 있다.

사람에 따라 다르겠지만 나도 단순히 머물 수 있는 공간이 필요한 사람에게는 90% 이상의 확률로 전세가 좋다고 생각한다. 그런데 나는 프리랜서가 되고 나니까, 안정적인 소득이 증빙되지 않기 때문에 전세 대출이 안 나오게 되었다. 회사를 다니고 있을 때 집을 구하고 그만뒀어야 했다는 걸 그만두고 나서 깨달았다. 그래서 어쩔 수 없이 전세는 포기할 수밖에 없었다. 집을 구할 계획이 있는 사람이라면 재직 및 퇴사 상황도 염두에 누는 것이 좋다.

그런데 이전에 한 TV 프로그램에서 외국인 출연자들이 전세 제도에 대해서 이야기하는 것을 본 적이 있는데, 생각보다 외국인들은 전세에 대해서 부정적인 의견이 많았다. 그 큰돈을 다른 사람한테 맡긴다는 것도 못 미덥고, 무엇보다 다른 곳에 투자할 수 있는 돈을 보증금으로 묶어두는 게 결코 이득이 될 수 없다는 것이다. 재테크에 대한 기회비용을 생각하면 확실히 그럴 수도 있겠다는 생각은 든다.

실제로 예전에 촬영했던 화곡 사는 분은 빌라 전세를 살았는데 전세금을 돌려받지 못하는 사건이 있었다고 한다. 전세는 보통 월세보다 훨씬 목돈을 맡기는 일이기 때문에 혹시나 잘못되면 전재산을 잃게 될 수 있다. 확실히 잘 알아보는 것은 물론이고, 전세보증보험을 들어두는 것도 하나의 방법이다.

일단 사전 조사가 필수

첫 독립을 할 때는 아무래도 보증금으로 넣을 만한 자금이 부족하다 보니 그나마 접근성이 좋은 월세로 들어가는 경우도 많다. 그런데 이때 일부 사회 초년생들은 가능한 선택지에 대해서 검색조차 제대로 해보지 않고 휘리릭 결정한다.

나는 식재료 하나를 사더라도 맛있는 걸 먹고 싶어서 고기 종류나 가격도 여기저기 검색해보고, 옷 살 때도 사이즈 후기를 일일이 찾아보며 검색에 공을 들인다. 양파부터 집까지(?) 인터넷 쇼핑을 하는 시대에 스마트폰 액정 너머로 최대한 정확한 정보를 얻는 것은 소비 만족도에 큰 영향을 미칠 수밖에 없다. 2~3만 원짜리 소비를 할 때에도 정보를 얻는 것이 이토록 중요하건만 1~2년씩 매일 먹고 살고 자야 하는 집을 구할 때는 어떻겠는가.

물론 막막한 것도 당연하다. 원래 공부도 어느 정도 해야 내가 뭘 모르는지 알지, 아예 개념도 잡히지 않았을 때는 선생님이 질문하라고 기회를 줘도 내가 뭘 모르는지 모르는 법이다. 평소 사본 것이나 아는 분야라면 어느 정도 검색도 하고 정보를 찾아볼 텐데, 처음 접하는 세계에서는 모든 게 생소할 수밖에 없다. 생각해보면 나도 대학생 때 신용카드를 만들 수 있다는 사실을 알고 나서 만들어 썼는데, 그걸 알기 전까지는 신용카드 발급이 될 거라는 가능성이나 선택지 자체를 염두에 두지도 못했다. 자, 그러니까 만약 이 책을 읽는 독립을 앞둔 분들이 있다면 10분만 검색을 해보자.

특히 요즘은 대학생이나 사회 초년생에게 전세자금대출을 많이 해준다. 최대 7,000만 원까지 나오는 것으로 알고 있는데 그런 제도가 있다는 걸 모르는 분들이 많다. 의외로 내가 생각했던 것보다 더 나은 집을 구할 수 있는 방법이 여러 가지로 있을 수 있다. 그래서 촬영 다니다 보면 20대에 월세를 살다가 나중에 직장인 전세자금대출을 알아보고 전세로 바꾸는 분들이 많다. 월세보다는 대출 이자 비용만 내는 게 부담이 적으니 말이다.

월세는 교통비를 포함해서 생각하자

요즘에는 전셋집 자체가 많지 않아서 월세의 선택지가 훨씬 많은 건 사실이다. 월세로 입주를 하게 되었다면 이제 한 달에 얼마를 고정비용으로 내는지가 중요하다. 이때 고려해봐야 할 만한 부분이 일단 직장과의 거리다. 나는 예전에 합정에 있는 회사를 다녔는데, 합정에서 집을 못 구해서 지하철로 두 정거장 거리에 산 적이 있었다. 사실 굉장히 가까운 편인데 한 달에 교통비가 약 20만 원 정도 나왔다. 회사가 멀면 차마 택시를 못 탈 텐데, 가까우니까 오히려 택시를 더 타게 된 탓이다. 지하철을 타면 1,250원이지만 택시를 타도 5,000원이면 집에 가는데, 이 추운 날 3,750원 아끼려고 역까지 걸어가는 고생을 해야 하나? 내가 이러려고 돈을 버나? 하는 자기 합리화를 끊임없이 한 결과였다.

그래서 월세에는 대중교통 비용을 포함시켜서 생각해야 한다. 회사와 거리가 멀면 월세가 저렴한 집을 구하더라도 어차피 출퇴근 교통비를 쓸 수밖에 없고, 거기에 최소한 10만 원 정도는 들게 된다. 인간이라면 때로는 택시를 탈 수밖에 없기 때문에 살다 보면 그 정도를 넘기는 경우도 많다. 사람 마음이라는 게 참, 애매한 거리라면 그냥 5분 더 자고 택시를 타게 되는 거다. 약속 장소에서 제일 가까운 친구가 꼭 지각하는 데에는 다 이유가 있다.

그렇다면 똑같은 조건이라고 했을 때, 10만 원을 월세에 더해서 그만큼 더 비싸더라도 회사를 걸어갈 수 있는 집을 구하는 게 합리적일 수도 있다. 보통 회사는 핫한 역세권에 있는 경우가 많아서 그런 곳으로 가면 월세가 5만, 10만 원씩 비싸진다. 하지만 누군가는 차라리 교통비를 월세에 쓰고, 잠을 5분 더 자는 게 나을 수도 있는 거다. 즉 회사가 강남인데 1,000만 원에 60만 원으로 사당에 살 것이냐, 1,000만 원에 70만 원으로 강남에 살 것이냐 했을 때 최종적으로 금액은 똑같다고 봐야 한다. 일부러 회사와 먼 집을 원하거나, 특별히 살고 싶은 동네가 있다거나 하는 개별적인 선호도는 다를 수 있겠지만, 단순히 직장과의 거리와 월세를 저울질해보고 있는 경우라면 교통비를 꼭 포함해서 고민해보자.

신축일수록 비싼 이유

월세가 적당한지 고려할 때 생각해봐야 하는 또 하나의 요인은 건물의 신축 여부다. 내가 우리나라 건축 기술의 흐름과 발전에 대해서는 잘 모르겠지만, 그래도 체감하는 게 있다면 똑같은 평수라도 신축일수록 구조가 잘 빠진다는 점이다. 물론 다 그런 것은 아니겠지만, 확실히 건축 기술이 좋아져서 그런지 신축 건물은 레이아웃부터 붙박이장, 부드럽게 문이 닫히는 소프트 클로징 도어까지 디테일이 꽤 녹아 있다. 물론 가격도 그만큼 비싸다.

집에 관심이 많은 사람이라면 구축을 사서 인테리어를 하는 방법도 있을 것이다. 실제로 내 채널에 나와주신 분들 중에는 집에 관심이 많아 구축을 예쁘게 꾸미고 다듬어서 잘 살고 있는 분들도 많았다. 하지만 집에 크게 공을 많이 안 들이고 싶은 분들이라면, 전월세를 살 때 조금 비싸더라도 신축으로 가는 게 합리적인 선택일 수도 있다. 집이라는 공간이 물론 부동산적인 가치는 다르게 움직이기도 하지만, 실생활에서는 어쩔 수 없이 소비되어 감가상각되는 부분이 있다. 그러니 사람이 오랫동안 살았던 집이라면 이것저것 고장나거나, 보완해야 하는 요소들이 생길 수밖에 없다.

이를테면 술자리에서 소주 뚜껑 게임을 할 때랑 똑같다. 한 사람씩 소주 뚜껑 꼬리를 딱밤 때리듯이 치다 보면, 누군가의 순서가 됐을 때 살짝만 톡 건드려도 꼬리가 떨어져버린다. 그럼 벌주를 마시는 거다. 내가 원룸 아파트에 살 때, 거기가 20년 넘은 건물이었는데 갑자기 싱크대 서랍장 문이 박살났다. 나는 아무것도 안 했는데, 그전에 20년 동안 쌓인 우연들이 쌓여서 나한테서 터져버리는 것이다. 억울한데 별 수가 없다.

그 외에도 예를 들면 옵션으로 들어 있는 세탁기가 오래돼서 세탁조 클리너를 사야 한다든가, 녹물이 나와서 필터를 사서 써야 한다든가, 그런 자잘한 비용들이 추가로 들어갈 가능성이 신축보다는 높을 수밖에 없다. 내가 살던 곳은 겨울에는 배관이 얼어서 세탁기를 못 돌리게 했다. 그럼 코인 세탁방을 찾아가서 또 돈을 내고 빨래를 돌려야 한다. 배수관이라도 터지면 돈도 들어가지만 수리 기사님을 부르고 집에서 시간 맞춰서 기다려야 하는 번거로움도 생각보다 크다. 구축일수록 그런 의외의 비용이 들어갈 수 있다는 걸 간과하지 말아야 한다.

집은 자취인들이 때로는 전 재산에 가까운 큰 비용을 들여서 마련하는 공간이다. 집을 계약하면 최소한 1~2년을 살게 되는데 짧다면 짧지만 매 순간이 인생에서 한 번밖에 오지 않는 소중한 시기가 아닌가. 처음 하는 결정에는 시행착오도 있을 수밖에 없지만 자신에게 최선의 선택이 될 수 있는 집과의 좋은 인연을 신중하게 맺기를 응원하고 싶다.

> **NOTE**
> 자취하는 집을 계약하는 기간은 짧다면 짧지만 매 순간이 인생에서 한 번밖에 오지 않는 소중한 시기가 아닌가.

서울과 수도권, 지방은 다를까

서울에서 산다는 것

이사를 하면서 집에서 올림픽대로 너머의 한강이 보이게 되었다. 파리에 에펠탑이 있고 시드니에는 오페라 하우스가 있는 것처럼, 서울을 더 아름다운 도시로 만드는 요인에 한강을 빼놓을 수는 없다. 나는 어렸을 때부터 서울에 오래 살아서 이 도시에 대해 새삼스러운 감흥은 없는 편인데도, 한강은 왠지 마음을 울렁이게 하는 데가 있다. 한강이 그 자리에 한결같이 머무는 동안 도시는 또 무심히 순환한다. 새벽 6시에 우연히 눈을 떠서 창 밖을 보면 올림픽대로에 벌써 차들이 빼곡해지기 시작한다. 사람들이 어쩜 이렇게 일찍 일어나서 바쁘게 움직일까. ……새삼 고찰하면서 나는 다시 스르르 잠든다. 새벽엔 일어나는 거 아니야.

아무래도 일자리가 많은 서울로 사람들이 모이는 추세인 데다가, 우리나라의 수도라는 상징적인 의미도 있다 보니 서울에 사는 걸 꿈꾸고 일명 '상경'을 했다는 분들도 꽤 있었다. "나 성수동 살아"라고 하면 왠지 힙해 보이는 그런 느낌, 있지 않은가? 삼천포에서 올라온 한 자취 선배님은 베란다에서 저 멀리, 날씨가 좋을 때, 롯데타워가 아주 쬐끔 보이는데 그걸 보면서 서울에 대한 상징적인 만족감을 느낀다고 한다. 사실 본가에서 살다가 같은 지역에서 독립을 하는 건 쉽지 않은데, 지방에 살다가 서울로 대학을 오거나 취업을 하게 되면 자연스럽게 독립하면서 서울에 살게 되는 경우가 많은 것 같다. 그렇게 독립에 대한 만족감과 서울에 대한 만족감이 자연스럽게 융화되면서 이 도시를 더 사랑하게 되어버린다.

그런데 사실 서울의 현실적인 이점은 이런 거라고 본다. 예로부터 그런 말이 있지 않은가? '경기도에서 살면 인생의 20%를 지하철에서 보내게 된다.' 아마 경기도에서 한 번이라도 살아본 분들이라면 틀림없이 이 말에 공감할 것이다. 나는 서울 노원구, 강북구에 살다가 대학 졸업할 때쯤 하남에서 살게 되었는데, 스타필드가 핫할 때 친구들이 놀러온 적이 있긴 하지만 대부분은 아무튼 서울 쪽에서 만날 때가 많았다. 각자 경기도에 흩어져 살아도 약속 장소는 서울에서 잡는 거다. 서울에서도 조금 힙한 동네에 살면 친구들이 다 집 앞으로 오게 된다. 물론 수원 행궁동, 고양 호수공원, 다 좋은 동네지만 친구들의 분포와 교통 편의성 등을 생각하면 그쪽에서 모이기가 쉽지 않다. 그러다 보니까 경기도에 살면 술 먹고 집에 갈 때 무의미한 택시비를 너무 많이 쓰게 되는 것이다. 같이 술을 마셔도 서울 사는 친구는 만 원이면 되는데 나는 3만 원이 든다.

또 집 근처에 직장이 있다면 모르겠지만, 보통 서울에서 직장을 다니면 6시에 퇴근해도 집에 오면 8시가 된다. 친구들을 만나든 출퇴근을 하든 결국 지하철이나 빨간 버스에서 내 인생의 20%를 보내게 되는 것이다! 긍정적으로 생각하면 이동 거리가 한 시간쯤이면 굉장히 가깝다고 느껴지고, 두 시간이어도 그럭저럭 수긍하게 되는 느긋한 마음가짐이 장착된다는 점을 꼽을 수야 있겠지만, 난 극강의 실용주의자이기 때문에 그 시간이 아깝기만 할 따름이었다. 일주일에 10시간은 이동에 소모한다는 걸 생각하면, 서울에 살면 아끼게 되는 시간과 비용이 은근히 좀 있다.

그렇다면 서울에 직장이 있지 않고, 공간에 구애받지 않고 어디에서나 일할 수 있는 프리랜서의 경우에는 굳이 집값이 비싼 서울에 있을 필요는 없지 않을까? 나도 회사를 그만두고 본격적으로 유튜브에 집중할 수 있는 환경을 구상하면서, 제일 먼저 어느 지역에 살아야 할지 고민을 많이 했다. 출퇴근해야 하는 직장이 없으니 굳이 서울에 있을 필요는 없지만, 주 5~6일 정도는 여기저기 촬영을 하러 다니기 때문에 어디로든 이동하기에 좋은 곳을 찾는 걸 최우선으로 생각했다. 그래서 택시를 탈 때 기사님들에게 조언을 많이 구했다. 수도권에서 어디든 이동하기 쉬운 곳을 여쭤보니 기사님들이 대부분 여의도를 추천해주었다. 실제로 일산도 30분, 판교도 30분이 걸린다. 1분 만에 올림픽대로를 탈 수 있기 때문이다.

한편으로는 오히려 프리랜서일수록 서울 같은 번화한 도시에 사는 게 좋다고 말씀하시는 분도 있었다. 혼자 일하다 보면 사람들 만날 일이 적고 우울해지기도 쉬운데, 아무래도 도시에 있으면 원할 때 언제든지 사람들을 접할 수 있다고 말이다. 또 자칫 편의시설과의 접근성이 너무 떨어져서 만약 헬스장이 20분 거리에 있고 병원이 한 시간 거리에 있다면? 정말 집에만 고립되어 지내게 될 수도 있는 것이다.

나도 어느 정도 공감하는 부분이 있었는데, 아무래도 혼자서 재택근무를 하다 보면 일의 효율이 떨어지는 부분도 없지 않다. 주변에 다들 일하고 있으면 나도 눈치를 봐서라도 집중하게 되는데, 혼자 있다 보면 텐션을 조절하기가 쉽지 않을 때가 있는 것이다. 이렇게 환경에 영향을 받는 부분이 있다는 걸 생각해보면, 서울에서는 모두가 바쁘고 일하는 분위기다 보니 나도 열심히 하게 되는 게 있다. 내가 시골에 있고, 주변에 아는 사람도 없고, 느긋한 새 소리만 들린다면 기분은 좋겠지만 아무래도 삶의 템포가 느려지기도 할 것 같다. 지금은 그럴 때가 아니니 아무래도 서울을 떠나긴 어렵겠다.

경기도로 가면 집이 두 배 넓어진다

사는 지역은 개인의 선호나 필요에 따라서 결정되기 마련이지만, 확실히 서울에서 수도권으로, 또 지방으로 갈수록 집값이 달라진다. 예를 들어서 똑같이 전세금 2억 원이 있다고 해도, 서울 역세권에서는 5평짜리 원룸에서 살 수 있다면 수도권에서는 8~9평짜리, 그리고 지방에 가면 정말 '집'다운 집에서 살 수 있다. 그러다 보니 회사는 서울 한복판에 있어도 일부러 일산 등 수도권 외곽에서 집을 구하고 서울로 출퇴근하는 분들도 적지 않았다. 회사가 가까운 것보다는 주방과 거실이 있고, 방도 분리되어 있는 넓은 집을 원하는 분들의 경우다.

그중 서울에서 살다가 일산 다가구주택으로 이사가서 살고 있는 개발자분을 만났다. 원래 본가가 일산이었는데 직장 때문에 서울로 가서 자취를 하다가 다시 일산으로 돌아오게 됐다고 한다.

"일산의 장점은 이 안에서 모든 걸 다 할 수 있다는 거예요. 영화관, 마트, 백화점, 쇼핑몰 등등 필요한 건 다 잘 갖춰져 있어서 굳이 서울로 나갈 필요가 없거든요. 반대로 단점은, 서울에 나가야 할 때 수도권인데도 막상 가면 두 시간씩 걸린다는 거. 이 정도면 대전도 가겠다 싶은 거죠."

생긴 지 5년쯤 된 신축 빌라로, 방 두 개짜리 넓은 집인데 전세금은 2억 원이라고 한다. 서울에 사는 것보다 출퇴근하기에 멀기는 해도, 같은 금액으로 갈 수 있는 집 넓이를 따져보면 비교가 안 되는 수준이다. 정말 단적으로 내 채널에 나왔던 분들 중에서 강남에서는 월세 120만 원에 원룸에 사는데, 송도에서는 월세 150만 원으로 방 3개짜리 넓은 집에서 사는 분도 있었다. 사실 바로 이 점 때문에 서울에 살아야 할지, 수도권에 살면서 서울로 출퇴근을 해야 할지 고민하는 분들이 많을 것이다.

"원래 일산에 살다가 서울로 나갔다가 다시 들어온 건데, 예전에 일산에 살 땐 항상 창문을 활짝 열어놨거든요. 그런데 서울에서는 정말 날씨가 좋을 때만 창문을 열 수 있더라고요. 무엇보다 서울에서 어느 정도 큰 집을 구하려면 이 금액으로는 어림도 없는데, 일산으로 오니까 집이

두 배는 넓어졌어요. 퇴근하고 집에 올 때, 집이 빨리 들어가고 싶은 공간이 되어야 좋지 않을까 해서 일산으로 오게 됐죠."

일산만 해도 이렇게 차이가 나는데, 내가 많이 가보지 않았던 지방에서 사는 환경은 어떨까 궁금했다. 그래서 지방 특집, 제주도 특집 등을 준비해서 지방 약 20군데 정도를 돌아다녔다. 확실히 서울이나 수도권에서 촬영했을 때보다 지방으로 향할수록 집이 크고, 똑같은 금액에 방이 한두 개쯤은 더 붙어 있었다.

특히 지방 특집 초반에 그걸 체감했던 게, 대전에서 방문했던 브랜드 오피스텔은 보증금 500만 원에 월세가 36만 원이었다. 사실 만나는 분들마다 초면에 월세가 얼마냐, 보증금은 얼마냐 물어보는 게 자취 채널 유튜버가 하는 일이라 좀 송구하다. 그래도 그렇게 나름대로 많은 집을 보다 보니 이 정도면 전세가 얼마일지 월세가 얼마일지 대충 추측 가능한 인간 지표라고 자부하는데, 서울을 기준으로 추측했을 때는 이 집이면 최소한 보증금 1,000만 원에 월세 80만 원은 될 거라고 생각했다. 게다가 신축인데 월세 36만 원이라니? 서울에서는 거의 만나본 적이 없는 숫자다.

대신 지방에 살 때 추가적으로 들어갈 수 있는 비용으로 자차 유지비가 있을 수 있다. 수도권에서까지는 굳이 차가 필요하지 않은데, 아무래도 교통 편의성이 줄어든 지역에 살면 출퇴근하거나 이동하기 위해서 자차의 필요성이 높아지게 된다. 나의 생활 반경에 따라 이와 같은 교통 편이나 추가적으로 들 수 있는 비용까지 고려하는 것도 중요한 부분이다. 어쨌든 서울 바깥으로 나오기만 해도 같은 금액에서 조금 더 좋은 여건의 집을 구할 수 있다는 거다. 집에 있는 시간이 중요한 분들에게는 확실히 더 나은 선택지가 될 수 있을 것이다. 사실 서울로 직장을 다니는 사람들은 그냥 직장과 가까운 곳에 살려고 할 뿐인데, 집값이 잡을 수도 없게 치솟으니 생각해보면 슬퍼진다.

NOTE	퇴근하고 집에 올 때, 집이 빨리 들어가고 싶은 공간이 되어야 좋지 않을까.

집 고를 때
건축 연수 *VS* 평수

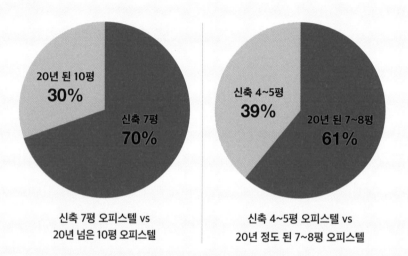

20년 된 10평
30%

신축 7평
70%

신축 4~5평
39%

20년 된 7~8평
61%

신축 7평 오피스텔 vs
20년 넘은 10평 오피스텔

신축 4~5평 오피스텔 vs
20년 정도 된 7~8평 오피스텔

"혼자 사는데 넓은 집이 왜 필요해? 이 정도면 충분하지 않아?"

'혼자 살면 이 정도 공간도 충분하다'의 기준은 뭘까. 동거인도 없고 아기도 없는 1인 가구에게 방 두 개, 세 개짜리 집은 사치라는 것인가! 실제로 국토교통부에서 한 명의 사람에게 필요한 최소한의 주거 공간은 어느 정도여야 하는지 기준을 정해놓은 것이 있다. 이에 따르면 한국인 최저 주거 면적은 부엌과 침실, 화장실 등을 모두 합쳐서 최소한 14m²(약 4평)다. 최소한이라고는 하지만, 꽤나 협소한 기준이다.

내 유튜브 채널 구독자분들 대상으로 투표해보니, 모든 조건이 같다고 가정했을 때 신축 7평 오피스텔과 20년 된 10평 오피스텔 중에는 신축을 선호했지만, 신축 4~5평 오피스텔과 20년 된 7~8평 오피스텔을 비교했을 때는 20년 된 7~8평 오피스텔 쪽을 더 많이 선택했다. 당연히 신축이 좋긴 한데, 그래도 인간적으로 최소한 7평 정도는 되었으면 좋겠다는 뜻이다.

그렇다. 집이 7~8평 정도는 되어야 집에서 걸어다닐 수가 있다. 무엇보다 그래야 생존에 반드시 필요한 것들 외에도 무의미한 물건들을 놓을 수 있게 된다. 사람에게는 필수 조건 외에도 무의미한 여백들이 있어야 삶이 좀 더 윤택해진다.

예전에 언뜻 들은 이야기인데, 어떤 유명한 작가는 책을 쓸 때 꼭 호텔에 가서 쓴다고 한다. 집에 있으면 일과 생활이 분리되지 않다 보니, 일을 하다가도 빨래를 해야 하고 쌓아둔 설거지거리가 보인다는 것이다. 내가 시나 소설을 쓰는 건 아니지만 공감이 되는 게, 나도 원룸에 살 때는 방에 침대가 있으니까 일을 하면 눕고 싶고 자려고 누워도 일이 눈에 밟혔다. 때로는 일에 집중하고, 때로는 온전히 휴식하려면 최소한 생활 공간 외에 휴식만 할 수 있는 분리된 공간이 하나쯤은 필요하다. 그래서 혼자 살아도 쓸 수 있는 공간은 많을수록 좋은 것이다. 집에서 충분한 휴식과 재충전을 누리기 위해서, 혼자 살아도 최소한 10평 정도는 쓸 수 있으면 좋지 않을까. 한국인 최저 주거 면적의 업데이트에 고려해주었으면 하는 바람이다.

Part 4. 취향의 발견

반려동물과 살고 있습니다

이 영상에는 고양이가 나옵니다

이전에 어떤 집을 촬영하러 갔더니 고양이와 함께 살고 있다고 했다. 원래도 내가 고양이에 대해서 아주 잘 아는 건 아니지만, 고양이가 있었는데 없을 수 있다는 사실을 이날 새롭게 알게 됐다. 분명히 있다고 했는데 이불 속 볼록한 흔적만 발견될 뿐 얼굴은 볼 수가 없었고, 결국 카메라에는 한 번도 걸리지 않았다. 영상을 올릴 때는 대수롭지 않게 생각했다. 이 채널이 '자취남'이지 '자취냥'은 아니니까.

그리고 이내 댓글에서 난리가 났다. 고양이가 나온다고 해서 끝까지 봤는데 무슨 일이냐, 고양이는 어디 있느냐, 이건 선 넘는 거 아니냐······ 나름 클린하고 퓨어한 유튜버라고 자부했는데 사기꾼이 되게 생겼다. 그

일로 깊은 반성을 한 뒤 이후로는 성실하게 고양이와 강아지도 촬영하고 있다. 제목에도 꼭 '고양이/강아지 나옵니다'를 표시해둔다.

'자취남' 채널의 정체성은 결국 남의 집을 구경하는 것인데, 생각해보면 반려동물도 그와 비슷한 구석이 있는 것 같다. 강아지는 산책이라도 하지만 다른 사람의 집에 방문하지 않으면 그들의 고양이를 볼 기회가 없지 않은가. 그래서인지 '라면 먹고 갈래?'의 최신 업데이트 버전이 '고양이 보고 갈래?'라던데. 진짜인가요.

군이 꼭 반드시 한쪽을 선택하라고 한다면, 나는 사실 고양이보다는 강아지파다. 제대로 동물을 키워본 적은 없지만, 언젠가 해야 하는 일을 다 끝내고 나이 들어서 은퇴를 한다면 개똥 치우면서 사는 게 내 꿈이다. 마음 같아서는 지금이라도 네 발 달린 털북숭이 한 마리쯤 키우고 싶은 마음이 굴뚝 같지만, 워낙에 밖에서 나돌아다니는 시간이 많다 보니 아직은 제대로 키울 자신이 없어 먼 훗날로 미루고 있다.

내가 만나본 1인 가구 중에는 아무래도 강아지보다 고양이를 키우는 분들이 많았다. 고양이도 외로움을 안 타는 것은 아니라고 한다. 다만 강아지는 매일 산책을 해줘야 하니까, 혼자 사는 사람들에게는 돌봄의 난이도가 조금 더 높을 수밖에 없는 면이 있는 듯하다.

물론 혼자 살면서도 무려 대형견인 보더콜리를 키우는 분도 보았다. 원래 강아지 카페에서 일하던 분이었는데, 활동량 많은 보더콜리를 키우다 보니 아침, 저녁마다 산책하는 것은 물론이고 출근할 때는 강아지 유치원에 맡긴다고 한다. 말이야 쉽지, 회사 외의 시간을 전부 강아지에게 맞춰야 하는 게 결코 간단하지는 않을 텐데도 함께하는 삶의 만족도는 높아 보였다. 강아지도 화장실에서 볼일을 보느냐고 물어봤더니, 강아지가 보란 듯이 화장실에 들어와 눈앞에서 쉬를 해주는 호흡까지 착착 맞는다. 반려동물과 한 공간에서 가족이 되어 산다는 것, 그 마음이 뭘지 나는 아직 온전히 다 알 수는 없지만 막연하게나마 그 삶을 들여다볼 수 있는 기회가 있다는 것만으로도 꽤나 즐겁다.

　　나름 여러 집을 돌아다니면서 다른 사람들의 반려동물을 만날 기회가 많다 보니 나름대로 고양이를 대할 때의 내공도 좀 쌓였다. 일단 가만히 있는 게 중요하다. 고양이가 나한테 관심을 보인다고 해서 내가 같이 반가워하면 싫어하거나, 도망가거나, 싫어하면서 도망간다. 그러니까 고양이가 냄새를 맡도록 조금 기다렸다가 손을 슬쩍 내밀면 고양이가 슥 몸을 비빈다. 바로 그때 간식으로 환심을 사면 된다. 설령 내가 좀 마음에 안 들어도, 츄르 외면하는 고양이는 아직 못 봤다.

고양이 집에 얹혀 살아요

고양이에 진심인 집에 다녀보면서 왜 고양이 키우는 사람을 '집사'라고 하는지 충분히 알 수 있었다.

"여긴 서울 서대문구인데요. 보통 드립으로 '우리 집은 고양이가 주인이다'라고 하잖아요? 여기 집주인은 정말 고양이입니다."

언뜻 집을 둘러본 나는 혀를 내두르면서 간단히 집을 소개하고 인터뷰를 시작했다. 50년이 된 구옥이라서인지 구조가 굉장히 특이했다. 가장 많은 시간을 보낸다는 작업실, 거실, 침실, 그리고 주방으로 나뉘어 있는데 독특하게 주방이 거실과 이어진 게 아니라 방처럼 구분되어 있다. 주방이 방으로 분리된 구조는 실제 살아보니 좋을 것도 없고, 나쁠 것도 없다고 한다.

특이한 구조보다 더 눈에 들어오는 것은 집 곳곳에 빼곡한 고양이 물건들이다. 작업실부터 들어가보니, 벽에 가득한 고양이 그림은 직접 그린 것이라고 한다. 그림을 그리는 분이라서 작업실에는 주로 그림 도구가 많은데, 그 사이사이에 깨알같이 고양이님들이 드시는 영양제와 간식통도 자리를 잡고 있었다. 참고로 이 집의 추천 아이템은 튼튼한 원목 캣폴이란다.

"이 제품이 원목을 압축해서 만든 거라서 굉장히 튼튼하거든요. 해체해서 이사갈 때 가져갈 수도 있고, 공간 활용도도 좋아요. 반려동물 페어에 가서 현금 결제를 하시면 조금 더 싸게 사실 수 있답니다."

'찐' 집사가 알려주는 팁까지 전해 듣고 거실로 이동해보니, 거실이라고는 해도 사실상 고양이님들의 놀이터였다. 한쪽에 있는 붙박이장 커튼을 열었더니 그 안에서 고양이가 액체처럼 흘러나왔다. 수납장의 비어 있는 칸에는 고양이들이 드나든다고 한다.

"제 공간이지만 제가 쓸 수가 없는 공간인 거죠."

아무리 그래도 사람이 먹고 사는 집인데, 냉장고에 사람 식량은 좀 있으신 거죠. 냉장고를 열어봤는데 다행히 평범한 음식들이 좀 보인다……. 그 와중에 생소한 것들도 있어서 "이건 뭐예요?" 하고 여쭤보니, 아니나 다를까 고양이 유산균이었다.

"한 달에 고양이한테 쓰는 비용이 기본적으로 60~70만 원은 되는 것 같아요. 생식을 먹이다 보니까 식비가 좀 많이 나가거든요. 첫째가 가금류 알러지가 있어서 치킨을 못 먹고 더 비싼 양고기를 먹이는데, 이상하게 둘째랑 셋째도 점점 치킨을 안 먹더라고요……?"

세 마리 고양이 입맛이 사이좋게 상향 평준화되고 있는 듯했다. 힘없는 집사는 선택권이 없다. 집사의 집과 지갑을 장악해버리는 고양이의 매력은 도대체 뭘까.

"너무 귀여워요…… 진심 너무."

더 많은 설명은 필요없을 것 같다. 역시 귀여운 건 무적이다. 언젠가 우주 정복도 할 것만 같다.

동물을 키울 때 포기해야 하는 것

혼자서 살다 보면 자유롭기도 하지만 때로 외롭고 적적한 느낌이 들기도 한다. 나도 사람 만나는 걸 좋아하는 성향이라서, 집에 오면 무슨 기척이라도 나라고 항상 스피커를 틀어놓는다. 사람 말소리나 노랫소리가 좀 들려야 집이 덜 허전한 느낌이 든다. 앗, 동정할 거면 돈으로 주세요……. 집에 살아 움직이는 생명이 있으면 그런 허전함이 좀 채워질 것 같아서, 강아지나 고양이나 하다못해 도마뱀이라도 키우고 싶은 마음이 들 때도 있다. 특히 내가 돌아왔을 때 격렬하게 반겨주는 강아지가 있으면 얼마나 위안이 되고 따뜻해질까.

하지만 단지 나의 외로움을 위해서 동물을 외롭게 만들 수는 없는 일이다. 게다가 반려동물과 살고 있는 분들을 보면 인테리어는 물론이고 행동 반경까지 자신보다 반려동물에게 초점이 맞춰져 있는 분들이 많다. 얼마나 많은 시간과 노고가 들어가는지 알고 나면, 선뜻 동물을 입양하겠다는 마음을 먹기가 쉽지 않은 것 같다.

일단 반려동물과 함께 살려면 포기해야 하는 게 몇 가지 있는데, 첫 번째는 역시 '털'이다. 온갖 곳에 털이 묻을 수밖에 없는데, 해결책은 없고 그냥 성능 좋은 돌돌이를 많이 구비해놓아야 하는 모양이다. 가구 하나를 고를 때도 반려동물의 반응을 고려해야 하는데, 소파를 사도 고양이가 발톱으로 긁어서 망가지니까 그냥 소파를 포기한 분도 있었다.

그리고 1박 이상 집을 비우기가 어려워진다. 내 주변에서도 반려동물을 키우는 친구들은 차라리 자기 집으로 친구들을 부르는 경우가 많다. 참고로 혹시 동거인이 노는 걸 너무 좋아한다면 집에 반려동물을 키우는 게 매우 효과적이다. 잔소리 100마디 하는 것보다, 집에서 강아지나 고양이가 기다리고 있는 사람들의 귀가 시간이 확실히 빨라지더라.

어떤 분은 고양이가 수술을 한 적이 있어서, 회사에 연차를 쓰면서 계속 병원을 오가며 관리해주고 있다고 했다. 사람처럼 먹는 음식도 관리해야 하고 약도 챙겨 먹어야 하는데, 생명을 돌보고 키운다는 게 정말 쉬운 게 아니라는 사실이 와닿았다. 아파도 의사표현을 할 수가 없으니 고양이에게 한 가지 말만 가르쳐줄 수 있다면 '아파'라는 말을 가르쳐주고 싶다고 하는데, 그 마음은 어떤 걸까.

　다른 분들의 집에 초대받아서 갔을 때 나는 귀여운 반려동물의 모습만 잠시 보는 거지만, 함께 가족이 되어 살아간다는 건 완전히 다른 차원의 일일 것이다. 처음에는 나의 위안을 위해서 동물을 키울 수도 있겠지만, 살아가다 보면 생각보다 많은 책임감과 시간, 그리고 돈까지 들어간다는 사실을 간과해서는 안 된다는 걸 새삼 깨닫게 됐다. 나도 언젠가 개똥을 치우며 반려동물과 함께 사는 삶을 꿈꾸고 있긴 하지만, 아직은 다른 집에 구경 가서 영상으로 담는 데에 만족해야 할 것 같다.

NOTE	반려동물과 한 공간에서 가족이 되어 산다는 것, 그 마음이 뭘지 나는 아직 온전히 다 알 수는 없지만 막연하게나마 그 삶을 들여다볼 수 있는 기회가 있다는 것만으로도 꽤나 즐겁다.

혼자 살면 대부분 집에 술이 있다

술에 진심인 집

"오, 냉장고를 보니까 술을 좋아하시나 봐요?"

"아, 아뇨…… 그냥 손님용이에요."

자신의 냉장고에 있는 술이랑 모른 척하기로 대동단결이라도 했는지 내 채널에 나오는 분들은 자꾸 술 마시는 걸 숨긴다. 술 좋아하냐고 물어보면 다들 안 좋아한다는데, 싱크대 서랍장을 열면 술잔이 종류별로 나오고 냉장고에는 진저에일이 짝으로 있다. 흠, 재채기와 하품과 애주가의 흔적은 감출 수 없는 법이다.

잘 들여다보면 자취하는 분들 중에 술에 진심인 분들이 많다. 간단히 혼술을 먹다가, 어울리는 안주를 만들어서 먹다가, 친구들을 초대해서 파티를 하면서 먹다가, 그렇게 채워도 채워도 사라지는 냉장고 술 재고를 채우다가 끝끝내 집에 '바'를 만들면서 정점을 찍는 것이다.

심지어 〈나 혼자 산다〉의 나래바처럼 네온 간판까지 만들어 달아둔 분이 있었다. 송파구에서 만난 카페 사장님의 집은 이렇게 술 먹는 사람들의 로망을 실현시킨 집이었다.

집에서 반쯤 쫓겨나다시피 반강제로 독립을 했다는데, 카페를 운영해서 직장과 가까운 송파에 집을 구했다고 한다. 신기한 게, 드라마나 영화 촬영 현장에 연예인 서포트하는 '커피차' 같은 걸 보내는 일이 있지 않은가. 바로 그 커피차도 운영하는 분이었다. 처음 만나는 직업이라서, 신기한 김에 전부터 궁금했던 커피차 비용도 슬쩍 물어봤다. 생각보다 마음 먹으면 해볼 만할 것 같았다.

아무튼 카페 사장님이라서 그런지 집도 인테리어 감각이 남달랐는데, 직장이 카페라면 집은 멋진 바처럼 꾸며놓았다. 오래된 빌라지만 집 자체는 건드리지 않으면서 소품으로 분위기를 냈다고 한다. 예를 들어, 긴 아치형 거울로 낡은 인터폰을 가리니까 힙한 분위기가 나면서 방도 넓어 보인다. 투명 모듈은 직접 유리와 프레임을 주문해서 만들었단다.

부엌에 가보니 와인 냉장고가 존재감을 뿜어내고 있었다. 원래 있던 김치냉장고에 어차피 와인밖에 없어서, 아예 와인 냉장고를 따로 구매했다고 한다.

"술 마시는 걸 좋아하시는 것 같아요."

"아니라고 하는 게 국룰이죠? 술 이만큼 쌓아놓고도 '안 좋아해요'라고 하는 거잖아요."

아니, 다들 왜 그러시는 거예요. 하지만 눈앞에 너무 와인이 쌓여 있어서 그런지, 시원하게 인정했다.

"저는 좋아합니다."

얼마나 좋아하냐면, 방 하나를 바(bar)로 쓸 정도였다. 그 방만 약간 어두운 노란 조명을 달아놓았는데, 테이블 아래에는 간접등까지 있어서 분위기가 제대로 났다. 바의 핵심은 조명이기 때문에, 조금 어둡고 잔잔하게 술을 마시고 대화도 나눌 수 있는 분위기를 최대한 살렸다고 한다. 간판 삼아 만든 네온 조명은 주변을 슬쩍 밝혀주는 동시에 이 공간 특유의 색깔을 만들어내는 듯 묘한 분위기를 더했다. 결정적으로, 저쪽 구석에 안마의자가 놓여 있다.

"술 먹다가 뻗는 사람은 안마의자로 보내는 거죠. 먹다 보면 꼭 누군가는 저기 가서 누워요."

역시 집에서 마실 때는 먹고 바로 뻗을 수 있다는 게 장점이다.

물론 바닥에 신문지를 깔고 먹어도 맛있는 건 맛있는 거지만, 집안의 일부 공간에 특유의 아이덴티티를 부여해 꾸며주니 조금 더 특별한 기분을 누릴 수 있을 것 같다. 나만을 위해, 때로는 좋아하는 사람들을 초대하기 위해 내 취향에 걸맞는 분위기의 테이블을 꾸며둔다면 별것 아닌 안주에도 호사스러운 기분이 들지 않을까.

왠지 어른이 된 기분

독립할 때 나의 목표는 '내 냉장고'에 '내 술'을 넣어놓는 것이었다. 가족과 함께 살 때는 어쨌든 가족 공용으로 사용하는 냉장고이다 보니 내 술을 보관하는 게 왠지 눈치가 좀 보였다. 제일 중요한 건 내가 사놓은 술을 누군가 슬쩍 먹어버리는 일도 심심찮게 발생한다는 것이다. 이 안에 범인이 있는 게 틀림없으니 모두가 의심스럽긴 한데, 또 온 가족을 모아놓고 범인을 수색하기도 좀 치사한 노릇이다. 그래서 독립을 하면서 냉장고에 술을 채워 넣으니 비로소 이 냉장고는 내 냉장고요, 이 집은 내 집이로구나 하는 안도감이 퍼졌다.

혼밥이나 혼술이 하나의 문화처럼 자리 잡기 시작하던 차에, 코로나

19가 그 흐름을 더 가속화시킨 것 같다. 나는 원래 술자리 자체도 좋아하는 편이지만, 항상 사람들을 만나서 일을 하다 보니 가끔은 나 자신에게 집중하는 혼자만의 시간이 필요할 때도 있다. 대신 혼술을 할 때는 나름대로 기준을 둔다. 일단 혼자서 소주를 글라스에 따라 먹는 그림은 좀 아닌 것 같아서, 되도록 소주는 피하려고 한다. 웬만하면 맥주나 와인 정도로 딱 기분을 낼 만큼만 마시는 편이다.

어릴 때는 왁자지껄하게 여럿이서 술을 먹고선 끝내 장렬하게 기절하는 그 취하는 분위기 자체를 즐겼던 것 같은데, 30대 이후에는 오히려 외로움을 즐기거나 감성적인 기분에 혼자 젖고 싶을 때 술을 마시게 된다. 가끔은 술기운을 빌리지 않으면 인생을 살기가 쉽지 않다. 뭔지 아시죠? 그래서인지 30대 직장인들은 대부분 술을 그렇게 썩 좋아하지 않아도 일단은 구비해두고 있는 분들이 많은 것 같았다. 이렇게 사람들이 술을 많이 마시는데 관련주는 왜 자꾸 녹아내리는가…… 나도 정말 궁금하다.

자취집에서 혼자 술을 먹을 땐 일단 누구의 눈치도 볼 필요 없다는 게 가장 좋은 점이다. 취하고 싶을 때 누구에게 민폐 끼칠 걱정 없이 아주 끝장을 볼 때까지 취해도 되고(그래도 그러진 말자), 혼잣말을 하고 흐느적거리며 춤을 춰도 문제없다(이건 괜찮다). 누군가 같이 있으면 아무리 친해도 그런 모습까지 보여주기엔 나도 사회적 지위와 체면이 있기 때문에 좀 곤란하다. 누군가랑 같이 술을 먹는 것과 혼술을 먹는 건, 그래서 완전히 다른 행위가 된다.

참고로, 아무리 술을 안 좋아하는 척해도 다 알 수 있는 방법이 있다. 냉장고에 술이 풍족하게 채워져 있으면 오히려 혼자서는 술을 안 마시고 친구들이 놀러왔을 때만 마시는 분일 확률이 높다. 왜냐고? 술을 좋아하는 분들의 집에는 술이 남아 있을 틈이 없기 때문이다. 대신 와인 자동 오프너, 각종 술잔, 술에 타먹는 토닉워터나 진저에일, 그런 게 발견되면 '찐'이다. 하지만 부모님이 보실 수도 있으니까, 앞으로도 모르는 척해드리겠다.

NOTE	나만을 위해, 때로는 좋아하는 사람들을 초대하기 위해 내 취향에 걸맞는 분위기의 테이블을 꾸며둔다면 별것 아닌 안주에도 호사스러운 기분이 들지 않을까.

요리? 조리? 배달?
자취인이 먹고 사는 법

요리 혹은 조리

자취(自炊)가 무엇인가. 국어사전을 보면 '손수 밥을 지어먹으면서 생활함'이라고 나와 있다. 즉 부모님의 돌봄에 기대지 않고 스스로 밥을 해먹는 것이 자취의 핵심이라는 것이다. 하지만 이 정의에 따르자면 많은 자취인들의 정체성이 흐려질 것이 분명하다. 손가락으로 배달앱 한 번만 터치하면 손수 지은 밥을 현관문 앞까지 배달해주는 감사한 맛집들이 널려 있는데, '바쁘다 바빠 현대사회'를 살아가는 이들이 손수 밥을 지어먹을 여유는 많지 않다. 아니, 솔직히 가성비가 떨어져도 한참 떨어진다.

더군다나 요리에 정말 능숙하고 하루 세 끼 잘 챙겨먹는 분들이 아니고서야, 웬만하면 1인 가구에서는 요리를 해 먹는 것보다 사 먹는 게 오히려 싸다. 사실상 직장 다니면서 하루 세 끼 요리를 해 먹는 분들이 얼마나 될까. 괜히 재료를 한가득 샀다가 반쯤은 냉장고에 들어간 채 기억 저편으로 사라져버리고, 결국 서서히 죽어간 식재료의 잔해를 발견해 기겁했던 경험이 자취인이라면 한 번쯤 있을 것이다. 만약 카레를 하려고 양파, 감자, 당근을 사면 절대 1인분만 만들 수가 없다. 최소한 네다섯 끼는 먹을 분량이 나올 테니 부지런히 집밥을 먹어야 하는데, 야근 몇 번만 해도 집에서 저녁 먹을 기회는 사라진다. 제때 소진할 자신이 없으면 상해서 버리느니 차라리 그때그때 사 먹는 게 나을 수도 있는 것이다.

게다가 요리라는 게 단순히 부엌에서 썰고 볶고 끓이는 과정만 있는 것이 아니라, 뭘 먹을지 고민하고 장을 보고 손질하는 시간, 또 음식물 쓰레기를 버리고 설거지하는 과정까지 다 포함된다. 단순 재료비뿐 아니라 그 과정에 드는 시간과 에너지까지 고려하면 '손수 밥을 지어먹으면서 생활'하는 게 정말로 쉬운 일이 아니다.

그러다 보니 어느 순간부터 배달음식에 의존하게 되는 경우가 많아지는 것 같다. 배달음식의 종류도 예전처럼 치킨, 피자 정도가 아니라 죽부터 샐러드, 찜, 탕, 볶음, 베트남 쌀국수에 멕시칸 퀘사디아, 심지어 핫도그에 꽈배기까지 그 스펙트럼이 엄청나게 넓어졌다. 그러다 보니 아침, 점심, 저녁 세 끼를 각각 안 겹치는 메뉴로 해결하기에도 충분하다. 배달

음식을 주문하고 기다렸다가 도착한 걸 받아드는 그 순간부터 한 10분은 정말 쾌락의 절정이다. 엄청나게 행복하다.

다만 문제는, 그렇게 얼마간 살다 보면 언젠가 또 문득 한계가 온다는 것이다. 마라탕 한 그릇을 시켜 먹는다고 해도 최소 주문 금액을 맞추려면 내가 먹을 양보다 항상 조금씩 더 많이 시키게 된다. 배달비까지 최소 1만 8,000원은 나오는데 국물이 또 한가득 남는다. 음식물 쓰레기부터 포장 용기까지 정리해서 버리는 것도 일이다. 배달음식으로 끼니를 해결하다 보면 어느 순간 거울에 비친 내 모습을 보면서 '어?' 하고 현타가 오는 때가 온다. 아, 이 돈이면…….

나는 사실 웬만하면 집에서 요리를 해 먹는 것을 즐기는 편에 가깝다. 딱히 요리해 먹는 게 더 저렴하다거나, 내가 만든 음식이 맛있다거나, 그런 이유는 아니고 요리하는 게 별로 힘들지 않아서다. 오히려 요리를 하는 데서 보람이나 성취감을 느끼기도 한다. 평소에 유튜브를 하다 보면 어떤 일의 끝이라는 게 정해져 있지가 않다. 편집을 한참 해도 이게 완성된 건가, 제대로 한 건가, 섬네일 후보 세 개 중에서 이게 제일 나은 게 맞나, 애매하기 짝이 없다. 그런데 요리는 레시피를 보고 정해진 루트를 따라가면 어쨌든 완성된 결과물에 도달할 수 있다는 점에서 오히려 스트레스가 풀리는 면이 있다. 덕분에 처음 사회생활할 때에도 의외로 힘이 많이 됐던 게 요리였다. 예상해서 하는 만큼의 정확한 결과가 도출되는 일이 있다는 게 나에게 큰 위안이 되었다.

물론 사람에 따라 오히려 요리가 스트레스인 경우도 많다 보니, 혼자살 때의 요리란 필수라기보다 취미의 영역에 가까워지는 것 같다. 요리가 즐겁지 않아도 먹긴 먹어야 하니까, 요즘에는 확실히 HMR 제품이나밀키트를 이용하는 분들도 많다. 따지고 보면 식당에 가서 외식하는 것과 금액적으로 큰 차이는 없지만, 그래도 집에서 해 먹는다는 것만으로도 왠지 좀 건강하게 먹는 것 같은 위안이 되기도 한다.

그래서인지 많은 1인 가구 냉장고를 들여다보면 냉장실보다는 냉동실에 들어 있는 게 많고, 거의 90% 이상이 스스로를 요리사보다 조리사라고 소개한다. 사실 사전적으로는 조리와 요리의 의미에 큰 차이가없는데 통념적으로 재료 준비부터 양념까지 직접 하는 건 요리, 완성된걸 데우거나 익히는 정도는 조리라고 보는 것 같다. 대기업이 완성해놓은 요리를 구매해서 데우기만 한다는 건데, 똑똑한 사람들이 연구에 연구를 거듭해 만든 음식이라 그런지 솔직히 웬만한 '요알못'이 만드는 것보다 맛있다.

이렇게 조리의 영역이 한껏 확장되고 있다 보니, 요리를 할 줄 모른다고 집에서 조달한 김치와 밑반찬으로만 식사를 때우는 자취생의 이미지는 옛말이다. 물론 사회 초년생이 처음 독립을 해서 자취하기 시작하면 아직 내 공간을 꾸미는 것도, 먹고 사는 루틴을 만드는 것에도 서툴 수밖에 없다. 하지만 1인 가구가 많아진 요즘, 사회적으로 경력도 쌓이고 혼자 사는 기술도 쌓인 레벨 높은 자취인들이 상당히 늘어나고 있다. 마음만 있으면 얼마든지 쉽고 간단하게, 알차고 화려한 자취를 할 수 있는 셈이다. 요리를 못하면 어떠한가, 다들 각자의 방식대로 잘 먹고 잘 살고 있다.

자취생도 잘 먹고 잘 삽니다

보통 유튜브 채널에 집 소개를 신청하는 분들에 대해 별다른 사전 정보 없이 방문을 하기 때문에, 막상 만나서 직업을 여쭤보고 놀랄 때가 많다. 신도림에 있는 1.5룸 빌라에 방문했을 때는 그분이 호텔 셰프님이어서, 과연 셰프님의 부엌은 어떨까 무척 궁금하고 기대도 됐다. 어릴 때부터 요식업에서 일을 하다가 맛있는 요리를 하고 싶다는 꿈을 키우면서 호텔 조리학과까지 졸업하게 되었다고 한다.

내 경험에 의하면, 냉장고보다는 조미료가 얼마나 있는지 보면 밥을 해 먹고 사는 분인지 아닌지를 알 수 있다. 집에서 알리오 올리오 한 그릇을 만든다고만 생각해도 올리브유에 마늘, 그리고 페페론치노라는 말린 고추 같은 게 필요하다. 요리 한 그릇에 필요한 조미료를 이것저것 갖추다 보면, 또 그 조미료를 쓰려고 요리를 해야 한다.

참고로 요리 초보자들은 조미료를 잘 활용하지 못하는 경우가 많은데, 의외로 조미료만 잘 활용해도 웬만한 음식은 맛있게 만들 수 있는 게 많다. 일단 볶음 요리에는 굴소스를 넣으면 다 맛있어진다. 전골 요리 종류는 육수부터 우리지 않아도 쯔유를 넣으면 대충 국물 맛이 나고, 광고는 아니지만 콩 발효 소스인 연두도 어떤 요리에나 맛을 내기 좋다. 조금 업그레이드한다면, 어디에 써야 할지 모르겠는 액젓 종류도 찌개나 국 종류에 뭔가 부족하다 싶을 때 넣으면 우리가 아는 그 맛이 나온다.

셰프님의 부엌을 둘러보니 조미료나 식재료는 말할 것도 없고, 일단 가장 기본적인 밥부터 신경을 쓰는 게 느껴졌다. 일단 1인 가구에서는 잘 쓰지 않는 6인용 커다란 밥솥이 놓여 있다.

"밥솥 기능이 고압과 무압으로 나뉘고요. 고압은 압력밥, 무압은 냄

비밥처럼 고슬고슬하게 되는 밥이에요. 이 밥솥이 좋은 건, 무압으로 밥을 짓다가 중간에 오픈 쿠킹 기능으로 나물을 넣어서 나물밥을 만들 수 있어요. 처음부터 나물을 넣으면 너무 푹 익으니까, 내가 원하는 타이밍에 넣을 수가 있는 거죠."

나물 넣는 타이밍을 정할 수 있다니, 그것 참 훌륭하네요! 하고 대답하기에는, 애초에 집에서 나물밥이라는 걸 만들 생각도 해본 적이 없었던 것 같다. 빠르게 냉장고로 시선을 돌려봤는데, 역시나 범상치 않은 냉장고였다. 일단 냉장고 문짝에 유통기한이 임박한 식재료를 메모해 두었다. 빨간색은 '유통기한 임박', 파란색은 '주의'라는 의미로, 상해서 버리지 않게 신경 써야 할 식재료들을 잘 보이게 적어둔 것이라고 한다. 주말에 한번 마음 먹고 식재료를 잔뜩 샀다가 결국 버리기 일쑤였던 자취인들이 배워보면 정말 좋은 습관일 것 같다.

냉장고를 열었더니, 이 안에도 메모가 한가득이었다. 보통은 마트에서 살 수 있는 제품들이 포장째 들어 있는 경우가 많은데, 여긴 포장이 없고 거의 다 직접 손질해 소분해놓은 음식들이다. 예를 들면 마늘을 직접 다져서 다진 마늘을 통에 넣고, 거기에 언제 다졌는지 날짜를 적어두는 식이다. 양지는 삶아서 1인분씩 소분하고, 파스타용으로 주로 쓴다는 해산물도 관자, 새우, 오징어 같은 걸 1인분씩 소분해 냉동해뒀다. 모든 음식이나 조미료에는 유통기한과 별개로 개봉일이 언제인지 기록한 메모도 붙어 있다. 음, 내 추측이지만 아무래도 따라하실 구독자분들은 없을 것 같다.

"지금 호텔에서는 스테이크 담당이고요. 하루에 많게는 1,000개도 굽습니다. 그리고 집에 오면 요리할 힘이 없어요."

요리사들이 막상 집에서는 요리를 안 한다는 게 정말인가 보다. 하기야, 스테이크가 아무리 맛있어도 그걸 1,000개씩 굽고 집에 돌아오면 몸이 녹초가 될 만하다. 그래서 거창하게 요리를 할 수는 없고, 미리 꼼꼼히 소분해놓은 식재료들로 자체적인 1인 밀키트를 만들어놓는 셈이다. 아무래도 직업적으로 몸에 배어 있는 분이라서 이렇게까지 체계적인 부엌 시스템이 가능한 거겠지만, 자취력을 높이면 언젠가 깰 수 있는 새로운 다음 레벨을 슬쩍 엿본 기분이었다.

외국인이 한국에서 자취할 때

드라마 〈도깨비〉에 안타까운 에피소드 하나가 기억이 난다. 귀신을 보는 은탁이에게 웬 또래 귀신 하나가 다가와서 부탁을 한다. 자신이 죽었는데 엄마가 장례식장에서 이제 곧 고시원으로 유품을 챙기러 올 테니, 고시원에 있는 냉장고에 음식을 좀 채워달라는 것이다. "엄마가 텅 빈 냉장고를 보면 슬퍼할까봐."

먹고 사는 모습을 가장 여실히 보여주는 곳이 역시 냉장고가 아닐까. 내가 부모가 되어보지는 않았지만, 다른 건 몰라도 냉장고가 텅텅 비어 있다면 부모님 입장에서 가장 마음이 아플 것 같다. 그러니 통화할 때마다 '밥은 먹었니?', '밥 잘 챙겨 먹어라'로 서두와 마무리를 장식하곤 하는 것이 아닐까.

우리나라에서 살고 있는 외국인 자취인들을 만났을 때도, 가장 눈에 띄는 점이 있다면 역시 냉장고였다. 겉으로 보기에는 다른 집들과 크게 다른 점이 없는데, 냉장고를 열어보면 낯설고 새로운 식재료들이 보인다. 어떤 중국분은 짜사이를 항상 사놓고 먹는다고 했다. 우리나라 사람들이 외국에서 자취할 때 라면이나 김치를 쟁여두고 먹는 것과 비슷할 것이다. 물론 상당 부분은 구하기 쉬운 현지화된 식재료를 먹지만, 한 20% 비율로는 빠지지 않고 고국의 음식이 자리하고 있었다.

사람이 태어날 때는 입맛이라는 게 결정되지는 않았을 텐데, 어릴 때

먹고 지내던 음식이 내 입맛을 만들고 또 항상 몸속 깊숙이에서 그 맛을 그리워하게 만든다는 게 생각해보면 신기하다. 해외 여행을 가도 꼭 그 나라의 음식을 먹어보게 되는데, 그게 그 나라의 문화를 가장 가까이에서 체험하는 방법이라서가 아닐까.

　한 번은 중국인 분이 촬영이 끝난 후에 양꼬치를 시켜주었는데, 중국인이 운영하는 식당에 전화해서 너무나 유창한 그분의 모국어로 주문을 해주니 엄청나게 믿음이 갔다. 한국인이 외국 가서 한국어로 김치찌개를 시키면 얼마나 믿음직스럽겠는가. 그래서인지 또 그 양꼬치가 유난히 맛있었던 기억이 난다.

NOTE	요리를 못하면 어떠한가, 다들 각자의 방식대로 잘 먹고 잘 살고 있다.

나는 집안일에 소질이 있나

청소를 좋아하는 사람들

나로서는 항상 경이로운 눈으로 바라보게 되는 유형의 자취인 중의 하나가 바로 '청소를 하면서 쾌락을 느끼는 형'이다. 집이라는 공간을 혼자 꾸리면서 살다 보면 필수적으로 따라오는 게 어쩔 수 없는 집안일 폭격이다. 집에서 농사를 짓는 것도 아니고, 가만히 앉아만 있을 뿐 별거 안 하는 것 같은데 신기하게 집안일은 하루하루 꾸준히 증식한다. 외면하려 해도 결국 그 순간은 기어이 온다, 물 마실 컵이 없고, 신고 나갈 양말이 없는 때가.

집안일이라는 게 독립하기 전까지 부모님께 위탁했던 시간이 끝나면 이제 죽을 때까지 평생 해야 하는 일이다. 그나마 빨래는 세탁기와 건조기가 해주니까 괜찮은데, 나는 청소와 정리정돈을 가장 싫어한다. 그야말로 해도 해도 끝이 없기 때문이다. 요리나 빨래처럼 시작과 끝이 확실하게 정해져 있는 게 아니라서 어느 시점에 스스로와 적당히 타협해야 한다. 오늘 썰었으니까 닦는 건 내일 하자. 이 정도면 깨끗한 거야.

대신 청소나 정리를 싫어하다 보니 오히려 잘 안 어지럽히려고 노력하는 편이다. 심리학적으로 깨진 유리창 법칙이 있다고 한다. 길거리에 깨진 유리창이 있는데, 그것이 다음날에도 그 다음날에도 그대로 방치되어 있다면 누구나 이 유리창은 누군가 애착을 가지고 관리하는 대상이 아니라고 생각하게 될 것이다. 그래서 자신마저 돌을 던져서 유리창을 깨도 상관없을 것이라고 여기게 된다고 한다.

원래 범죄학자가 제시한 개념이라고 하는데, 이렇게 사용하게 되어 송구스럽지만 집안 청소에서도 마찬가지인 것 같다. 한번 지저분해지면 거기에 쓰레기 두어 개가 얹어져도 아무렇지도 않은 순간이 온다. 그래서 처음에 아예 깔끔하게 대청소를 한번 해두면, 먹다 둔 컵 하나만 테이블에 올라가 있어도 금방 눈에 띄니까 오히려 그때그때 치우게 된다. 특히나 집에 물건도 많은데 한번 어지럽혀지면 걷잡을 수가 없기 때문에 웬만하면 미연에 방지하려는 것이다.

사실 청소라는 게 해야 하는 일이니까 어쩔 수 없이 하긴 하지만, 30여

년간 지켜본 결과 내 본능이 원하는 건 그냥 누울 자리만 있으면 비집고 들어가서 눕는 거다. 그런데 티비를 보면 왜, 대표적으로 노홍철 씨나 서장훈 씨처럼 집을 칼 같은 각까지 잡아 아주 깨끗하게 유지하는 사람들이 있지 않은가. 다른 세계 사람인 줄 알았는데, 정말 신기하게 내 채널 구독자님들 중에서도 청소와 정리를 하면서 쾌락을 느끼는 나와 다른 종족(?)이 있긴 있었다.

논산의 도시형 생활주택에 살고 있는 초등학교 선생님이 바로 그런 청소왕이었다. 도시형 생활주택이라고 하면 다소 생소할 수 있는데, 2009년에 300세대 미만의 국민주택 규모의 주택을 공급하려고 만들어진 제도다. 오피스텔과 비교했을 때 적용 법규는 다르지만 내부 구조만 보면 오피스텔이랑 비슷하다고 보면 된다. 신축 건물에 첫 입주라서 기본적으로 집 컨디션이 매우 좋았는데, 이 컨디션을 얼마 동안 유지하느냐는 역시 사는 사람의 재량에 달렸다는 깨달음을 다시 한 번 느낀 집이기도 했다.

일단 현관 가까이에 위치한 화장실부터 들여다봤다. 보통 촬영이 잡혀서 급하게 청소한 분들은 화장실에 물기가 남아 있든가, 아무튼 살짝 자연스럽지 않은 흔적이 있다. 반강제로나마 청소를 하게 된다는 것, 그게 이 콘텐츠의 몇 안 되는 장점이랄까. 그런데 이 집은 확실히 태생부터 깨끗한 티가 난다. 바닥부터 거울까지 물때 하나 없이 반짝반짝하다. 무엇보다 모든 물건이 일정한 간격을 두고 진열된 데다가 모든 브랜드 로고가 정면을 보고 있다는 사실이 눈에 띄었다.

"물건들이 다 앞을 보고 있네요?"

"웬만하면 다들 날 쳐다봤으면 좋겠어요."

"아하, 이 물건의 본질은 변하지 않지만 그래도……?"

"그래도 날 쳐다봤으면 좋겠는 거죠."

면도 크림이나 토너, 로션 등은 바르는 순서대로 일렬로 놓여 있고 수납장에는 수건이 색깔별로 착착 정리되어 있다. 이 정도면 집에 있어도 항상 호텔에 온 것 같은 기분을 누릴 수 있을 것 같다.

신인류를 향한 감탄과 인간미에 대한 의심을 반복하다가 부엌에서 식초 하나가 정면을 안 보고 비뚤게 놓여져 있는 걸 발견했다. 오오, 비로소 인간미가 느껴져서 살짝 안심이 되려고 했다.

"여기 식초! 허점이 있긴 있군요?"

"아, 이게 바르게 놓으면 수납 공간에 사이즈가 안 맞아서 문이 안 닫혀요. 그래서 일부러 비뚤게 놓을 수밖에 없었어요."

그렇다. 허점 같은 건 없었다. 냉장고, 거실, 침실, 옷장에 이르렀는데 놀라운 사실을 발견했다. 옷장에 옷 색깔을 그라데이션으로 맞춰놓은 건 물론이고 심지어 옷걸이까지 옷 색깔과 깔맞춤이었다. 나에게 옷장은 항상 조금씩은 너저분할 수밖에 없는 공간이었는데, 이렇게까지 정리하니까 확실히 한눈에 봤을 때 차분하게 정돈된 느낌이 들었다. 고수님의 팁에 따르면 일단 청소와 정리정돈의 기본은 첫째, 적절한 장소에 적절한 물건이 놓여 있는 것. 그리고 둘째, 톤을 맞추는 것이라고 한다.

"집이 어질러져 있을 때 청소를 못하면 오히려 불안하고 스트레스를 받아요. 정리를 할 수 있으면 행복하죠."

정리와 행복이 한 문장에 있는 것을 보니, 일단 다른 종족인 것은 확실했다. 나 같은 사람은 알아도 못할 것 같다…….

살까 말까 하는 청소 아이템

참고로 청소 고수님의 청소기는 다이슨도 아니고 10만 원대의 저렴한 제품이었다. 헤드를 여러 개 갈아 끼우면서 사용할 수 있어서, 침대나 매트리스까지 살균 청소를 할 수 있다는 점이 좋다고 한다. 확실히 고수는 장비를 가리지 않는다.

채널 운영을 하면서 정말 많은 살림 아이템을 접하게 되는데, 여론을 살펴보나 개인적인 만족도를 따져보나 추천 1순위 살림템이 있다면 역시 건조기다. 삶의 질을 엄청나게 높여준다. 이제 쿠팡 없는 삶을 상상할 수 없는 것처럼, 나는 앞으로 건조기 없는 삶으로 돌아갈 수 없을 것 같다. 건조기가 없으면 옷을 10시간 넘게 집에 펼쳐놔야 하는 것이다! 12시간쯤 지났을 때 말랐나? 안 말랐나? 빨래랑 눈치 게임하면서 냄새를 맡아봐야 하는 것이다. 어차피 30만 원으로 술 마실 거라면, 그 돈으로 건조기를 사라고 매번 추천하고 있다.

물론 불편한 점도 없는 건 아니다. 제품마다 다르겠지만 소음도 있고, 여름에는 아무래도 열기 때문에 좀 덥기도 하다. 하지만 케이크가 살찌는 걸 모르고 먹는 사람이 어딨겠는가. 안 좋은 점도 있다는 건 알지만, 있는 게 압도적으로 편리하니까 쓰는 것이지. 털고, 널고, 말리는 빨래의 3단계를 완전히 생략하고 보들보들하게 마른 수건을 사용할 수 있다는 것만으로도 만족도 최상이다. 누가 보면 자식 자랑하는 건조기 창조자라도 되는 것 같겠지만 아무런 관계도 없다. 하지만 아마 많은 분들이 공감할 거라고 생각한다.

그 외에도 '살까 말까' 하는 아이템에 대한 실사용자들의 반응을 슬쩍 전해보자면, 스타일러는 보통 사용자의 90% 이상은 만족하는 것 같다. 스타일러를 돌릴 만한 옷이 없는 분들이 아니면 웬만하면 추천이라고 한다. 반면 음식물 처리기의 경우에는 건조식, 분쇄식, 미생물식 등 종류가 다양한데 유의미한 만족도 지표를 따지자면 대충 70% 정도에 이르는 것 같다. 내 손으로 해도 무리가 없는 집안일과, 장비빨로 손 가는 걸 줄일 수 있는 집안일의 종류를 고민해보고 자신에게 유용한 아이템을 선별적으로 들이면 확실히 살림 스트레스에 큰 도움이 된다.

개인적으로 집안일을 위한 대표적인 아이템인 식기세척기와 로봇청소기가 매우 만족도가 높았다. 없어도 살 수 있지만, 있어보니 확실히 시간과 에너지가 절약되는 것을 체감할 수 있었다.

혼자 살아보면 알 수 있다

혼자 살기 시작하면 휴지 하나를 사더라도 시행착오를 거쳐서 취향이 만들어진다. 이를테면 처음에는 무조건 싼 걸 사보고, 그게 너무 까칠하거나 먼지가 날린다는 사실을 깨닫고 500원 더 비싸더라도 부드러운 걸 사야겠다고 마음먹는 식이다. 물티슈를 고를 때도 200원 더 내고 두꺼운 걸 살 것인지, 그냥 얇은 걸 살 것인지 따져보고 선택하게 된다.

그래서 자취 경험이 없이 부모님과 살다가 바로 결혼을 해서 새로운 공동체를 구성하게 되었을 때 가장 많이 문제가 생기는 부분이 집안일이다. 결혼하는 두 사람이 모두 혼자 살아본 경험이 없다면 함께 살기 시작한 초반에 갈등이 생길 확률이 아주 높다. 서로의 자취 스타일을 모를 뿐만 아니라 각자 자신의 스타일조차 잘 모르기 때문이다. 집안일을 분배하려고 해도 기본적으로 집안일이 얼마나 세부적인지를 구체적으로 인지하지 못하고 있을 가능성이 높다. 그러니까 이를테면, 욕실의 수건이 영원히 테트리스처럼 위에서 착착 내려오는 줄 아는 것이다.

나도 자취를 하면서야 비로소 내가 얼마나 정리에 취약한 사람인지 알게 됐다. 원래도 깔끔한 편은 아니었지만 그래도 주변을 의식하다 보니 최소한의 정리는 좋으나 싫으나 해야 했는데, 완전히 혼자만의 공간이 생기니까 쓰레기도 그때그때 버리지 않고 모아놓게 됐다. '나중에 한 번에 버리지 뭐' 하면서 점점 방이 쓰레기 더미가 되어가는 그런 루트를 타기 십상인 사람이 바로 나였다. 그걸 알게 되니까 오히려 조금은 긴장 감이 생겼다. 내가 하지 않으면 아무도 대신 해주지 않기 때문에, 스스로 정리를 하든가 아니면 최소한 어지럽히지라도 않아야 했다.

그렇게 살면서 조금씩 규칙적으로 하게 된 행위가 있다면 바로 이불 정리다. 지금은 아무리 아침에 바빠도, 피곤해도 자고 일어난 흔적을 그대로 두지 않고 이불을 꼭 평평하게 펼쳐서 정리한다. 예전에는 나도 어차피 밤에 또 쓰면 다시 구깃구깃해질 텐데 뭐하러 이불을 정리하나 했다. 그런데 작은 집일수록 이불이 주변 환경에서 큰 비중을 차지한다는 걸 느꼈다.

사실 이불 정리는 아침마다 몇십 초만 투자하면 될 만큼 간단한데, 이불이 잘 정돈되어 있으면 집이 전반적으로 깔끔해 보이는 효과가 있다. 반대로 이불 정리가 안 되어 있으면 집이 깨끗해도 어딘가 어수선해 보인다. 막상 습관이 되니까 이불 정리만 해도 어쩐지 하루를 제대로 시작하는 것 같은 만족감이 생겼다.

혼자 살다 보면 나 자신을 정확히 알게 되는 효과가 있는 동시에, 나름대로 보이지 않게 조금씩은 업데이트될 기회가 있다고 생각한다. 사람이라는 게 하던 대로, 습관대로 하는 게 가장 편하긴 하지만 마음먹고 한 가지만 바꿔봐도 생각보다 큰 기분 전환이 된다. 내가 좀 더 근사하게 살고 있는 것 같고, 좀 더 괜찮은 사람이 된 것 같은 기분이 든다. 대신 갑자기 너무 장대한 목표를 잡으면 작심이틀도 가기 힘드니까 '사용한 컵은 바로 싱크대에 넣기' 정도로 한 가지씩만 바꾸어보는 걸 권장한다.

나도 청소에 예민하지는 않지만 그래도 주변 환경이 너무 지저분하면 삶의 만족도가 떨어진다는 걸 느꼈다. 그래서 하루에 5분, 10분씩 손 닿는 대로 조금씩이라도 정리하면서 최소한 엄마에게 등짝 맞지 않을 정도는 유지하고 살자는 게 목표다.

> **NOTE** 혼자 살다 보면 나 자신을 정확히 알게 되는 효과가 있는 동시에, 나름대로 보이지 않게 조금씩은 업데이트될 기회가 있다.

1인 가구를 위한 서비스

집안일 쉽게 하는 법

집에서 거주하는 자들에게 어쩔 수 없이 집안일은 필수지만, 힘을 덜 들이는 방법은 또 얼마든지 있다. 얼마 전에 촬영을 하러 간 집에는 명언 같은 것이 많이 붙어 있었다. 그중에 '삶불요청래'라는 문구가 보였다. 음…… 혹시 유명한 말인가. 나만 모르는 건가. 무식해 보일 위험을 감수하고 최대한 해맑게 "이게 무슨 말이에요?"라고 물어보니, 다행히 그분이 만든 말이란다.

삶不요청래. 그러니까 내 삶에 요리와 청소와 빨래는 들여놓지 않겠다는 엄숙한 선언이었다. 오, 정말 좋은 말이긴 한데 그게 가능할까. 그분의 이야기는 이랬다. 요리라는 게 재료부터 손질해서 볶고 끓이고 삶는 과정이라고 한다면, 요즘 시대에는 레토르트 식품이 충분히 잘 나오기 때문에 전자레인지만 열일하면 된다는 것이다. 청소도 마찬가지다. 무릇 청소라고 하면 쓸고 닦고 먼지를 터는 과정인데, 지금은 직접 청소기를 돌릴 필요도 없이 로봇청소기만 작동시키면 알아서 청소를 해결해준다. 빨래는 세탁기와 건조기가 대충 다 해주긴 하지만 개는 과정이 좀 귀찮을 수 있는데, 요즘에는 '런드리고'나 '세탁특공대' 같은 세탁 서비스를 이용하면 갤 필요도 없다. 단추까지 다 잠그고 곱게 개어서 집 앞에 가져다준다.

큰 스트레스 없이 부지런히 집안일을 꾸려가는 분들도 있지만, 그러고 보면 요즘에는 확실히 집안일에 들어가는 에너지를 최소화하려는 노력을 기울이는 분들도 많다. 부엌을 둘러보면 가스레인지를 켠 흔적이 전혀 없는 집도 있는데, 그런 분들은 주로 간단히 전자레인지를 돌려 먹는 음식이나 배달음식을 활용한다고 한다. 먹는 것에 공을 들이는 시간에 차라리 휴식을 취하거나 다른 일을 하는 게 더 낫다고 느끼는 것이다.

나의 경우에는 2주에 한 번 정도 세 시간짜리 청소 서비스를 이용해서 집 청소를 하는데, 조금 과장해서 내가 쓰는 돈 중에서 가장 안 아까울 정도로 엄청나게 만족하고 있다. 내가 살면서 1년에 한 번도 청소하지 않을 만한 곳까지도 꼼꼼하게 청소를 해주셔서 확실히 전문가의 손길을 체감하게 된다.

사실 예전에는 집에서 가사 도우미를 쓴다는 건 어마어마한 부잣집에서나 하는 일이라는 인식이 강했다. 자취인이, 그것도 원룸에 청소 서비스라는 건 말도 안 되는 사치처럼 느껴졌다.

그런데 최근에는 1인 가구도 쉽게 이용할 수 있는 가사 도우미 서비스도 많이 나오고 있고, 인식도 많이 달라진 것 같다. 꼭 돈이 남아돌아서가 아니라, 집안일에 들어가는 에너지를 다른 생산적인 활동에 쓰기 위해서 가사 서비스를 활용하는 사람들이 많아졌다. 집안일에 정말 스트레스를 받는 사람이라면 차라리 이런 서비스를 활용하는 것도 하나의 방법이 될 것이다.

한편 빨래는 세탁기와 건조기가 다 해준다고 생각하기 때문에 특별히 힘들게 느끼지 않는데, 전에 살던 집에서는 겨울이 되면 배관이 얼어서 세탁기를 못 쓰게 했기 때문에 빨래도 한동안 전문 서비스를 이용했다. 무게에 따라서 요금을 책정하고, 문 앞에서 수거해서 문 앞까지 바로 배달해주니 거의 쿠팡 배송 받는 수준으로 편리하다. 이불 같은 큰 빨래를 할 때에도 좋다.

물론 "돈 아깝지 않아?"라고 묻는 사람들도 있다. 그런데 내가 집안일을 할 것인가, 아니면 그 시간에 야근을 해서 수당을 받아 집안일 도우미 서비스를 이용할 것인가, 한 번쯤 따져볼 만한 문제다. 비용의 절대값을 아끼는 게 이득이라고 생각하는 사람도 있지만, 시간과 체력을 아끼고 비용을 지불하는 것이 낫다고 생각하는 사람도 있는 것이다. 물론 어리고 경제적으로 넉넉지 않을 땐 나의 노동력과 서비스를 맞바꾸는 것이 어려울 수밖에 없지만, 어느 순간 돈보다 체력과 시간이 부족해지는 나이에 들어서면 조금씩 선택지를 재어보게 되는 것 같다.

　　이를테면 이런 것이다. 대학 다닐 때 레포트나 PPT를 만들기 위해서 예쁜 폼을 구매할 수 있는 사이트가 있었다. 500원 정도 내면 전문가가 만든 폼을 구매해서 간단하게 쓸 수 있다. 아니면 500원을 아끼고 직접 시간과 공을 들이는 방법도 있다. 어떤 사람은 그 과정 자체를 좋아하는 경우도 있고, 또 그냥 전문가에게 맡기고 시간을 아끼는 쪽을 선택하는 경우도 있을 것이다. 나도 그냥 빠르고 효율적이게 결과에 도달하는 것을 좋아하는 성격이라서, 군이 잘 못하는 것을 시도하기보다는 내가 잘하는 것으로 돈을 벌고 그걸 남들이 잘하는 일에 서비스 대가로 지불하는 쪽이 마음이 편하다. 주차비 500원은 아까운데 기본 요금 거리는 택시를 탄다든가, 2만 원짜리 옷 사는 데는 100번 고민하면서 그

날 야식으로 2만 원짜리 치킨에 치즈볼까지 시켜 먹어본 적, 솔직히 다들 있으시죠……?

1인 가구의 가장입니다

명절 무렵에 직장에서 휴가를 쓸 수 있는 우선순위는 기혼자들에게 돌아가는 경우가 많다. 특히 명절에 본가에 가지 않는 1인 가구는 그 시간을 회사에 써도 될 거라고 생각하는 모양이다. "집에서 기다리는 사람도 없는데, 야근해도 되지?"는 단골로 등장하는 멘트다.

하지만 1인 가구는 내가 무너지면 가정이 무너지는 거라고요! 1인 가구의 가정도 소중한 것인데 몰라주는 사람들이 너무 많다. 1인 가구인 자취인들은 혼자서 돈도 벌어야 하지만 집도 돌봐야 한다.

혼자 사는 것과 둘이 사는 것, 당연히 집안일의 총량을 따지면 둘이 사는 쪽이 높을 수밖에 없겠지만 그래도 서로 잘하는 걸 분담할 수 있는 다양한 가능성들이 생긴다. 혼자 살면 집안일의 분담 자체가 성립되지 않기 때문에 모든 카테고리의 집안일을 스스로 해내야 한다. 그래서 오히려 1인 가구는 나의 집을 어떻게 꾸려나갈 것인지 더 치열한 고민이 필요하다. 내가 경제 활동도 하고, 가사일도 해야 하는 것이다. 내가 손을 놔버리면 아무것도 돌아가지 않는다.

그런 만큼 요즘 많아지고 있는 다양하고 편리한 서비스들은 1인 가구의 살림에 '치트키'가 되어줄 수 있을 것이다. 이미 쿠팡 배송이나 새벽 배송에 너무 익숙해져서 장을 보러 직접 시장이나 마트에 가는 생활은 상상이 잘 되지 않는다. 그런 게 없었다면 혼자 먹고 사는 일은 훨씬 더 많은 시간과 품이 들어갈 수밖에 없지 않았을까. 장보기부터 요리, 청소, 빨래까지 1인 가구가 가정을 잘 이루고 꾸려나갈 수 있도록 도와주는 서비스가 많아지고 있는 건 환영할 만한 일이다.

요즘엔 꽃 배달, 전통주 배달, 와인 배달 등 취향을 찾을 수 있도록 큐레이션해주는 구독 서비스도 많아졌다. 다양한 OTT 서비스도 내가 좋아할 만한 콘텐츠를 귀신같이 추천해준다. 어떻게 보면 집안일을 대체해주는 서비스도 사치로만 볼 것이 아니라, 내 성향이나 취향에 맞게 쏙쏙 골라 쓸 수 있는 하나의 선택지로 바라볼 수 있을 것이다.

NOTE	오히려 1인 가구는 나의 집을 어떻게 꾸려나갈 것인지 더 치열한 고민이 필요하다.

집 근처에 하나만 있다면
다이소 *VS* 시장

다이소 **57%** | 시장 **43%**

집에서 요리를 하다 보면 가끔 청양고추 딱 반 개만 필요할 때가 있다. 마트 장보기 앱에 들어가서 청양고추를 검색해본다. 역시나 10개짜리 묶음으로 팔고 있다. 다른 소량 장보기 앱에 들어가면 같은 가격에 5개를 묶어서 판다. 할 수 없이 5개를 구매하면 4개 반이 냉동실에서 반영구적으로 잠들게 될 것 같다.

그래서 술 마시면서 해본 쓸데없는 생각 중의 하나인데, 언젠가 내가 돈을 엄청나게(!) 많이 벌게 되면 사업적인 가치는 전혀 없는 플랫폼을 하나 만들어보고 싶다. 근처에 있는 식당에서는 식재료를 대량으로 쓰니까 청양고추 반 개 정도는 자투리 채소로 버리게 될 수 있다. 그러니까 1인 가구와 식당을 플랫폼으로 연결해주는 것이다. 청양고추 반 개, 다시마 반 스푼, 배추잎 두 개, 그런 게 필요할 때 플랫폼에서 식당을 찾아 방문한다. 1인 가구는 극소량의 채소를 구할 수 있고, 식당에서는 버려지는 자투리 채소를 나눌 수 있고, 여기에 등록해주는 식당에는 플랫폼에서 수수료를 지불한다. 가까운 이웃들 간에 정도 쌓이고, 나중에 그 식당으로 밥 먹으러 갈 수도 있고, 하나의 동네 커뮤니티를 형성하는 데에도 좋지 않을까? '별로인데' 싶다면, 소주 4분의 3병쯤 먹고 떠올려보면 굉장히 좋은 아이디어라는 생각이 들 것이다.

개인적으로 다이소보다는 시장파라서 요리를 할 때 채소 1,000원어치, 고기 5,000원어치씩 구매할 수 있는 시스템을 선호한다. 꼭 시장에서 장을 볼 목적이 아니더라도 다른 도시로 여행을 가거나 해외에 놀러갔을 때도 시장 구경만큼 재미있는 게 없다. 그런데 커뮤니티에서 설문조사를 해본 결과로는 다이소 쇼핑을 좋아한다는 분들이 더 많았다. 내 생각에는 집 꾸미는 걸 좋아하고 집에서 사부작거리는 게 즐거운 집순이, 집돌이들이 다이소를 좋아할 확률이 높은 것 같다. 집에서 전선 하나를 보더라도 그냥 널브러뜨리는 것이 아니라 케이블타이를 사와서 묶거나, 수납장을 사와서 보이지 않게 정리하려는 욕구가 있는 분들이다. 재미있는 건 투표 결과는 다이소가 우세했지만 댓글은 대부분 시장파였다. 혹시 집 꾸미는 걸 좋아하는 I형 다이소파와 사람들과 부대끼며 수다떠는 걸 좋아하는 E형 시장파의 차이일까?

Part 5. 세상에서 가장 특별한 공간

로망에는 대가가 따른다

자연 속의 제주 돌담집

자취한 지 이제 갓 한두 달 된 분들을 만나면 아직 얼굴에 설렘이 묻어 있는 게 느껴진다. 나와 초면이라 살짝 어색하고 수줍으면서도 그 와중에 공들여 구축한 내 집에 대한 자랑스러움과 뿌듯함이 스쳐간다. 그런 걸 보면 괜히 '나도 저런 때가 있었는데' 하는 어줍잖은 잘난 척을 곁들여 슬쩍 한마디해본다.

"와, 한창 자취 '뽕'이 차오를 때네요?"

부동산에 들어서서 집값이라는 현실적인 언덕을 한차례 넘고, 이제 정말 보란 듯이 잘 살 수 있을 것만 같은 바로 그 시기. 하지만 사람은 적응의 동물이기 때문에 여행 같은 날도 어느덧 일상이 되고, 새해 다짐 같은 마음도 나다운 익숙함에 물들기 마련이다. 그 어느 '오늘의 집' 부럽지 않은 내 집을 무한한 마음으로 사랑하다가도 어느새 본가의 내 방과 똑같은 어수선함이 장악했다는 사실을 깨닫게 된다.

하지만 자취인이라면 길든 짧든 누구나 한 번쯤 겪는 소중한 설렘에 섣불리 찬물을 끼얹고 싶지는 않다. 한 번쯤은 누구나 꿈꾸지 않을까. 내 취향에 걸맞는 예쁜 인테리어! 토스트와 샐러드로 차려낸 예쁜 조식! 가지런히 정리된 침구에 꼬물꼬물 들어가 눕는 그 안락함까지. 로망은 없는 것보다야 있는 편이 삶을 풍요롭게 하는 법이다.

몇 년 전부터는 '제주도 한 달 살기'류의 붐이 일면서 제주도 자연 속에서 살아보는 것이 로망의 끝판왕처럼 여겨지는 것 같다. 제주도에 잠시 여행을 가는 게 아니라 그곳에서 산다는 건 어떨까. 나도 제주도의 자취가 정말 궁금해져서 제주도 특집으로 촬영을 하러 가본 적이 있다. 그리고 무려 잔디가 깔린 마당이 있는 단독주택, 그것도 돌담집에서 살고 있는 분을 만나볼 수 있었다. 마당의 멋진 돌담이 옵션인 집이라니, 제주의 자취란 이런 것인가.

이분은 장소에 구애받지 않는 일을 하고 있어서, 평소 살아보고 싶던 제주도에 내려와 살게 되었다고 한다. 마당까지 약 120평을 쓰는데 집이 두 채라 한 채는 에어비엔비로 운영하고 있었다. 날씨가 좋을 때는 마당에 있는 야외 테이블에 앉아서 아침도 먹고 일도 한다니, 그야말로 현대인이 꿈꾸는 디지털 노마드의 모습이다. 하루하루가 꿈결 같을까?

"진짜 너무 부럽네요. 제주도에서 산다는 건 어때요?"

"제주도라고 하면 자연, 힐링, 이런 키워드를 많이 생각하실 것 같아요. 근데 자연과 힐링은 벌레와 떼놓을 수가 없거든요. 벌레가 많다기보다는…… 많이 커요."

잠시 정신이 든다. 이 대목에서 로망을 접는 분들이 많을 것 같다. 사실 자연 속에서 산다는 게, 벌레를 극복하지 못한 사람에게는 매 순간이 긴장이고 공포일 수 있다. 또 한 가지, 자연 속에서 살기 위해서는 직접 자연을 관리할 필요도 있다. 마당에 잔디가 깔려 있는 건 좋은데, 비가 오고 나면 잡초가 자라는 속도가 눈에 보일 정도라고 한다.

"잡초 관리가 생각보다 힘들어요. 아, 추천 아이템이 하나 있는데."

"오, 이거! 미국 드라마에 나오는 그거잖아요!"

"네, 잔디깎이. 이거 되게 좋아요. 추천입니다."

'자취남' 채널에 처음 등장하는 아이템이다. 좋은 잔디깎이 추천 감사하긴 한데…… 누군가에게는 좋은 정보가 되었기를 바란다.

제주도에서 집을 구할 때의 팁을 주자면, 매물이 활발한 곳이 부동산

이 아니라 의외로 당근마켓이나 번개장터라고 한다. 그리고 보통 월세가 아니라 1년치 월세를 한꺼번에 내는 연(年)세로 계약을 한다. 제주도에 살 때는 집만 보는 게 아니라 주변 동네까지 확인하는 것도 중요하다. 집은 마음에 드는데 알고 보니 쓰레기장이 너무 멀리 있다든가, 혹은 밤이 되면 가로등이 없어서 동네가 너무 어둡다든가 하는 단점이 있을 수 있다. 도시는 일반적으로 인프라가 비슷비슷한데, 제주도는 동네마다 환경이 다를 수 있기 때문에 그런 부분까지 미리 알아보는 것이 중요한 팁 중의 하나일 것이다.

단독주택은 관리인이 따로 없는 만큼 직접 고치고 관리해야 하는 것들이 많다는 점도 간과해서는 안 된다. 마당에서 살랑살랑 부는 바람을 맞으며 브런치를 먹고 친구들을 불러서 마당에서 피크닉을 하는 장면만 생각하면 빨강머리 앤이 사과꽃을 꺾으며 뛰어다닐 것 같지만, 이 역시 실제로 사람이 거주하는 곳이기 때문에 당연히 현실적인 돌봄의 손길이 필요하다. 특히 음식 배달도 잘 안 되는 지역에서 살다 보니, 집안에 뭔가 고장나거나 필요한 게 있으면 전문가를 부르기보다 직접 뚝딱뚝딱 고치고 만드는 것들이 많다고 한다.

실제로 로망 같은 집들을 만나보면서 느끼게 되는 건, 예쁘고 훌륭한 것에는 언제나 보이지 않는 대가가 따른다는 것이다. 눈으로 봤을 때 몹시 깨끗한 집이라면? 그 집에 살고 있는 사람은 매일 집을 청소하고 관리하는 사람이라는 뜻이다. 고운 잔디가 깔려 있다는 건, 누군가 하루 걸러 잔디를 깎고 정돈한다는 뜻이다. 집뿐만 아니라 사회에서도 마찬가지인 것 같다. '저 사람 돈 쉽게 버는 것 같은데?' 싶으면 이미 그 분야의 전문가이거나 전문가 반열에 오를 만큼 보이지 않는 곳에서 굉장히 열심히 하고 있는 사람일 가능성이 높다. 왜, 가수 중에도 노래를 너무 쉽게 부르는 것처럼 보이는데 노래방에서 따라해보면 사실 극악의 난이도인 경우가 있지 않은가. 로망이 로망인 이유는 노력 없이 결코 쉽게 닿을 수 없는 것이기 때문인지도 모르겠다.

테라스 있는 집은 어떨까

도시에서는 마당 있는 집에서 살기 어려운 만큼, 대신에 테라스가 있는 집을 꿈꾸는 분들도 많다. 크고 비싼 집도 좋겠지만 사람은 마음 한편에 자연과의 접점을 조금씩은 원하고 있는 것 같다. 그런데 실제로 테라스가 있는 집에서 살고 있는 분들을 만나서 테라스를 어떻게 활용하고 있는지 물어보면, 어떻게도 활용하고 있지 않다는 대답이 나올 때가 제일 많다.

　만약 친구들을 불러서 테라스에서 파티라도 한다고 생각해보자. 운치는 있지만 막상 시뮬레이션을 해보면 문제점들이 발견된다. 일단 테라스에서 뭘 먹는다는 건 주방에서 집기를 다 옮겨 날라야 한다는 뜻이다. 뭐 하나만 빠뜨려도 왔다갔다 움직여야 하니 한 자리에서 편하게 먹기는 사실 힘들다. 한번 그렇게 거하게 파티를 하고 나면 다시 식기류를 다 옮기고, 자주 쓰지 않는 공간이니 대대적으로 청소도 싹 해야 한다. 아무래도 집 부엌이나 거실에서 먹는 것보다 일이 커질 수밖에 없는 것이다. 그런 걸 다 감안하면 차라리 외식이 낫다는 결론에 이른다. 또 테라스가 꼭대기층이 아니면, 위쪽에서 훤히 내다보이기 때문에 막상 편하게 즐기기는 어려운 부분이 있단다. 그리고 결정적으로는······.

　"테라스가 있으면 파티하기 좋지 않아요?"

　"나이 들수록 친구들을 그렇게 자주 부를 일이 없더라고요."

　그렇다고 한다. 아무튼 그래서인지 실제로 테라스가 있는 분들은 그곳을 정말 로망처럼 활용하는 경우는 적은데, 그래도 하나의 큰 창고가 있는 셈이라서 공간 활용적인 면에서는 이점이 있다고 이야기한다. 대신 그게 '바깥' 공간이기 때문에 먼지가 쌓이거나 간혹 쓰레기가 바람을 타고 올라온다든가, 혹은 거미줄이나 벌레가 생길 수 있다는 점도 고려는 해야 한다. 결국 없는 것보다야 있는 게 좋긴 하지만, 청춘 드라마의 한 장면처럼 예쁘게 세팅해서 알전구 달고 맥주 한잔 하기에는 손이 좀 많이 가긴 한다는 거다.

꿈꾸던 다양한 집에서 실제로 살아본 분들의 이야기를 듣다 보면, 집에 대한 로망들이 하나하나 사라지는 부작용이 있다. 하긴, 나도 예전부터 층고가 높은 집에 대한 로망이 있었는데 실제로 복층 오피스텔에 살아보면서 많이 사라졌다. 물론 더 평수가 넓고 좋은 집이었다면 좀 달랐을지도 모르지만, 그래도 아무튼 층고가 높으면 모기를 잡을 수 없다는 사실은 변하지 않는다.

나에게 없는 걸 가진 집들을 보면 물론 부러운 마음도 들지만, 결국 나에게 제일 좋은 건 역시 내 집이 아닌가 싶다. 아무리 예쁘고 화려한 호텔이나 펜션에 놀러가도 그곳에 머물 땐 너무 좋지만 막상 내 집에 돌아오면 "아, 역시 집이 최고다" 소리가 절로 나오지 않던가. 자취에 대한 로망은 사람마다 다양할 테지만, 확실히 현실을 사는 건 영화나 드라마처럼 아름답지만은 않다. 그럼에도 아무리 작고 하찮은 공간이라 한들 여기가 바로 나만의 보금자리라는 사실이 자취의 가장 궁극적인 로망이 아닐까.

　잘 편집된 브이로그에 나오는 것처럼 아기자기하고 예쁜 일상이 아니면 어떤가. 나의 한 번뿐인 소중한 시기를 이 공간에 뿌리내리고 살아가고 있고, 그 안에서 만들어가는 모든 소소한 기억들이 모여서 지금의 나를 이루고 있다. 그렇게 오늘 하루도 내 힘으로 잘 살아냈다는 것, 그게 돌이켜 생각해보면 자취하기 전에 내가 꿈꾸던 최종적인 로망이었던 것 같다.

NOTE	로망이 로망인 이유는 노력 없이 결코 쉽게 닿을 수 없는 것이기 때문인지도 모르겠다.

House와 Home의 차이

사람들이 궁금해하는 이야기

아마 유튜버들 중에서도 나는 꽤 많은 콘텐츠를 업로드하는 편에 속할 것이다. 한 달에 거의 30개 분량의 촬영을 해서 주 6회 정도 영상을 올리고 있으니, 내가 가본 자취집도 벌써 300군데 가까이 되는 것 같다. 그러면서 의외로 많이 듣는 질문 중 하나가 어떻게 하면 유튜브를 잘할 수 있느냐는 것이다. 개인적으로 유튜브에 어떤 정답은 없다고 생각하지만, 혼자서 나름대로 치열하게 고민했던 부분들은 있었다.

유튜브를 본격적으로 하기 시작하면서 당연히 콘텐츠에 대한 고민을 가장 많이 했다. 일단 사람들이 꾸준히 볼 수 있는 콘텐츠를 다루고 싶었다. 예를 들어 내가 핸드폰을 새로 살 거라면 핸드폰 정보를 얻기 위해서 관련 영상을 찾아보겠지만, 일단 구매를 하고 나면 그에 대한 관심은 시들해질 수밖에 없을 것이다. 그렇게 단순히 정보가 필요할 때 일시적으로 찾아보는 영상이 아니라 언제라도 꾸준하게 즐길 수 있는 영상을 만들어야겠다고 생각했다.

그러면서 동시에 매번 새롭게 기획해야 하는 콘텐츠보다 하나의 큰 뿌리를 중심으로 뻗어나갈 수 있는 주제를 잡는 게 중요했다. 먹방이면 먹방, 여행이면 여행, 이런 식으로 하나의 주제를 정해서 어느 정도 루틴화를 시키고 싶었다. 혼자서 기획부터 촬영, 편집까지 해야 하는 1인 체제의 콘텐츠인 만큼 영상 하나를 올릴 때마다 매번 새로운 기획을 짜내려다 보면 금방 지치거나 고갈될 수밖에 없다.

사실 처음 유튜브를 시작할 때는 자취라는 큰 주제와 관련된 거라면 뭐든지 거의 무작위로 다뤘다. 청소 이야기를 하기도 하고, 햇반과 일반 밥을 비교하기도 했다. 그러다 보니 매번 촬영 방식도, 편집도 달라져서 일주일에 영상을 한 개 올리는 것도 버거웠다. 그렇게 1년 정도 하면서 하나의 큰 뿌리를 갖되 좀 더 정돈된 형태로 지속 가능한 콘텐츠를 만들어 나가야겠다는 걸 깨달았다. 쿠키를 만들 때 일단 베이스가 되는 반죽을 만들어두고, 거기에 어떨 땐 초콜릿을 넣고 어떨 땐 캐러멜이나 라즈

베리를 넣는 식으로 말이다.

그렇게 사람들의 자취집을 소개하는 것으로 주제를 좁히고 몇 군데를 방문해 영상을 찍어 올리면서도 여전히 고민했던 지점은 있었다. 같은 주제로 40~50개 넘는 영상을 반복해서 올렸을 때 그게 좋은 기획이 아니라면 결국 지루해지고 사람들의 관심이 떨어질 수밖에 없을 것이다. 다른 사람의 집을 구경한다는 건 과연 꾸준히 사람들의 관심을 끌 수 있는 좋은 기획일까? 처음에는 긴가민가했다. 그런데 50개를 넘어 300개가 다 되어가는 지금까지 감사하게도 평균 조회수는 계속 올라가고 있다. 그 이유가 뭘까? 나도 꾸준히 영상을 촬영하고 올리면서 점점 느끼게 되는 건데, 아마도 House와 Home이 다르기 때문인 것 같다.

집을 보여준다는 것

코로나19 때문에 최근 2년여간 집에 머무는 시간이 확연히 길어진 탓일까. TV 프로그램 중에서도 '집'을 소재로 한 예능이 많아진 게 느껴진다. 의뢰인의 조건에 따라서 다양한 부동산 매물을 소개해주는 〈구해줘 홈즈〉부터 서울 외곽으로 나가 집의 본질을 되새겨보며 드림 하우스를 찾아보는 〈서울엔 우리집이 없다〉, 연예인 출연자의 '워너비 하우스'를 찾아주는 〈나의 판타집〉도 다양한 종류의 집들을 보여준다. 또 한편으로는 차박을 하듯이 아예 자연 속으로 들어가 지내는 모습을 보여주는 〈바퀴 달린 집〉 같은 프로그램도 집에 대한 사람들의 다양한 니즈를 반영하는 것 같다. 그만큼 집에 대한 사람들의 관심이 늘어나고, 또 외출을 자유롭게 할 수 없는 상황인 만큼 집이 우리 삶에서 차지하는 비중이나 중요성도 높아지고 있다. 여행 소비가 줄어든 대신 인테리어 업계가 호황이라고 할 정도다.

　이런 예능 프로그램을 보면 정말 넓은 단독주택이나 독창적인 구조의 복층집, 방이 많거나 테라스가 있는 집 등 우리가 흔히 살고 있는 평범한 오피스텔이나 아파트 외에도 다양한 집들을 구경해볼 수 있다. 그런데 〈구해줘 홈즈〉를 보며 부동산 매물을 구경하는 재미도 물론 있지만, 거기에서도 어떤 가족 구성원이 어떤 니즈에 따라 그 집에 살게 될지를 생각할 때 비로소 집이 생생하게 그려지고 그분들이 사는 모습을 상상하게 된다. 아이와 함께 사는 집, 영화나 음악감상이 취미인 부부의 집, 요리를 좋아해서 큰 부엌을 원하는 가족의 집은 각기 어떤 장면과 이야기로 채워질까. 생각해보면 집은 기본적으로 건축물로서 존재하지만 그 안에서 사람이 살면서 또 다른 '집'의 의미를 갖게 되는 것 같다. 나는 이게 바로 House와 Home의 차이라고 생각한다.

House는 세상에 수없이 많이 존재하지만 내 몸과 마음이 깃들어 살아가는 공간이 비로소 나에게 Home이 된다. '자취남' 채널에서는 부동산적인 집 구조보다는 그 안에 살고 있는 사람들의 모습과 이야기에 포커스를 맞춘다. 그러니까 집 자체는 다 같은 평수의 오피스텔인데, 그 안에서 남들은 어떻게 살고 있는지, 집에서 어떻게 시간을 보내고 어떤 아이템을 써서 살림을 하는지, 밥은 뭘 먹고 잠은 어디에서 자는지를 시시콜콜하게 다루는 콘텐츠다. 그런 관점으로 들여다보면 모든 집이 다 다르다. 누가 사느냐에 따라서 집이라는 정형화된 공간에 완전히 다른 색깔이 입혀진다는 사실이 매번 흥미롭고 또 궁금해진다.

집이라는 공간에는 그야말로 가장 사적인 흔적들이 속속들이 남아 있을 수밖에 없다. 그 사람이 읽는 책, 좋아하는 영화 리스트만 봐도 그 사람의 성향이나 취향이 묻어 있기 마련인데, 살고 있는 공간을 보여준다는 건 거의 모든 걸 오픈해서 보여주는 것과 다름없지 않을까. 그래서인지 처음에는 '나라면 이런 거 절대 신청 안 한다'는 댓글도 많았다. 충분히 이해할 만하다. 우리나라에서는 웬만큼 친해지지 않으면 집에 초대하는 일은 거의 없지 않은가. 그래서 누군가에게는 빈집이 아니라 내가 지금 살고 있는 집 구경을 시켜달라는 게 "나 네 카톡 봐도 돼? 그거 캡처해서 인터넷에 올려도 돼?" 같은 느낌일 수도 있을 거다.

그런데도 기꺼이 집을 보여주는 분들이 많아서 감사한 마음이 크다. 이렇게 집을 촬영하는 데 동의하거나 먼저 신청해주는 분들을 MBTI로 따지면 I보다 E 성향인 분들이 많을 거라고 생각할 수도 있지만, 의외로 성격상의 공통점은 없다. 오히려 House가 아니라 Home이라서, 집이 아니라 그 안에 있는 서로의 이야기와 추억들을 나누고 싶어서 우리가 이 이야기를 함께 이어나갈 수 있는 것 같다. 서로 만날 만한 기회가 별로 없는 1인 가구 자취인들이 사실은 서로에 대해 많이 궁금해하고, 또 내 이야기를 꺼내어 나누고 싶어 한다고 생각한다. 어쩌면 이처럼 서로와 연결되고 소통하고 싶은 마음으로 내 집에 초대하고, 또 다른 사람의 집을 구경하는 것이 아닐까. 열 마디 말보다 눈빛이 더 많은 말을 담고 있을 때가 있는 것처럼, 때로는 'Home'을 통해서 우리가 100마디, 1,000마디의 대화를 하고 있는 것 같다는 기분이 든다.

> NOTE
> House는 세상에 수없이 많이 존재하지만 내 몸과 마음이 깃들어 살아가는 공간이 비로소 나에게 Home이 된다.

300곳이 넘는 자취방을
돌아다니며 느낀 것

평범하지만 특별한 이야기

얼마 전에 인기를 끌었던 드라마 〈그해 우리는〉은 전교 1등 연수와 전교 꼴등 웅이가 다큐멘터리를 찍으며 인연을 맺는 것으로 이야기가 시작된다. 성인이 되고 나서 다시 후속작 다큐멘터리를 찍으면 좋겠다는 의견이 나오고, 이 프로를 맡게 된 PD이자 친구인 지웅은 촬영을 거부하는 두 사람을 만나 설득한다.

"휴먼 다큐에 나오는 사람들은 왜 출연을 결심하는 것 같아? 섭외할 때 난 솔직하게 얘기해, 우리가 당신에게 줄 수 있는 건 딱 하나밖에 없다고. 지금 당신 인생의 한 부분을 기록해주는 거."

너무 거창한 얘기인 것 같아서 쑥스럽지만, 집을 촬영하고 영상으로 만드는 일도 어떻게 보면 하나의 시설을 기록하는 다큐멘터리와 결이 비슷한 부분이 있지 않을까. 매일 보는 집이고 눈 감고도 그릴 만큼 익숙한 공간이지만, 막상 집을 구석구석 사진이나 영상으로 기록하는 일은 많지 않다. 그래서 문득 돌이켜보면 내가 어릴 때 살던 집은 어땠더라, 막상 또렷하게 기억이 잘 나지 않는다. 어쩌면 지금의 시절도 지나고 나면 빛바랜 그림처럼 흐릿한 기억으로 흩어질지도 모른다.

그렇게 생각하면 조금 아쉽다. 인생 전체를 두고 보면 짧은 1~2년이 더라도 그 기간 동안 내가 살던 공간을 추억할 수 있도록 집이 주인공인 영상을 남겨두는 것도 의미가 있지 않을까. 촬영을 신청해주는 구독자 분들에게 각자의 집에 대한 영상이 조금이나마 재미있는 추억이자 기록이 되었으면 하는 바람이 있다.

이렇게 영상 촬영을 신청하면서도 "저는 그냥 평범한 집인데 괜찮을까요?" 하고 물어보는 분들이 많다. 사실 크게 보면 사람 사는 모습은 다 비슷비슷한 게 오히려 당연하다. 나도 처음에는 나와 다른 연령, 성별, 직업의 사람들의 집은 완전히 다른 세계일 것 같은 막연한 느낌이 있었다. 특히나 나는 남중, 남고, 공대, 군대 테크트리를 탄 1인이라서 남자 자취방은 많이 가봤지만, 솔직히 어릴 때는 좀 궁금했다. 여자 자취방은 뭔가 좀 다르지 않을까? 아무래도 깨끗하고 좋은 향기도 나고 그럴까? 그런데 막상 여러 집을 다녀보니, 성별의 구분이 완전히 무의미하다는 걸 느꼈다. 같은 평수, 같은 구조의 집이라도 사는 사람의 성향에 따라 달라지긴 하지만 성별에 따른 차이는 사실상 없었다. '자취남' 영상이 이성의 자취방이 궁금했던 분들에게도 나름 대답이 되지 않았을까 싶다.

그러니까 결국 '자취남' 채널에서 우리가 만나보는 집은 모두 평범한 사람들, 친구나 이웃이 살고 있는 평범한 집이다. 아마 고만고만한 구조의 5평에서 10평짜리 오피스텔이 수십 번은 등장했을 것이다. 하지만 좋아하고 추천하는 아이템이 다르고, 살림 노하우도 조금씩 다르고, 하다못해 쌀을 보관하는 방법도 다르다. 꼭 비싸거나 독특하거나 이상한 게 있는 집이 특별한 것이 아니라, 모두 다른 사람이 살고 있기 때문에 모든 집은 각자의 특별한 스토리를 가지게 된다.

그럴 수 있지

인터넷에서 그런 짤을 봤다. 고양이에게 커다란 캣타워를 사줬더니, 고양이는 캣타워가 배송된 택배 박스에 들어가 앉아 있는 짤. 정말 그럴까 궁금했는데 주변 집사님들에게 물어보면 진짜 그렇다고 한다. '좋아하겠지?' 생각해서 큰맘 먹고 결제해도 안 쓰는 일이 비일비재하다는 것이다. 50만 원짜리 캣타워에는 안 올라가고 7,000원짜리 골판지 박스에 맨날 올라가 앉아 있으니 비싼 쇼핑도 부질없을 때가 많단다. 고양이를 이해하려고 하면 안 된다곤 하지만, 참 집사의 성의도 몰라주고 왜 그러는 걸까 싶은데⋯⋯ 또 한편으로 생각해보면 어딘가 삶을 관통하는 교훈이 있는 것 같다.

고양이와 달리 사람들은 비싼 선물이면 다 좋을까? 그것도 아닐 거다. 상대방이 누구냐에 따라서 오히려 부담스러울 수도 있고, 비싼데 나에게는 쓸모없는 물건일 수도 있다. 반대로 아침에 늦잠을 자서 회사에도 지각하고 상사에게 혼났는데, 그 순간 동료가 건네주는 3,000원짜리 커피가 어떤 선물보다 고맙고 달콤할 수도 있을 것이다.

그래서 다른 사람의 집에 갈 때마다 고민되는 것 중의 하나가 바로 집들이 선물이다. 특히 촬영을 위해 방문할 때는 상대방에 대해 아무것도 모르는 상황이다. 취향도, 생활 습관도, 집이 어떻게 생겼는지도 모르는 상황에서 그 집에 필요한 선물을 고르려고 하니 거의 모래 속에서 바늘 찾는 기분이 든다. 전통적으로 집들이를 갈 때 휴지를 사가는 데는 다 이유가 있는 것 같다. '하는 일이 술술 잘 풀리길 바란다'는 건 핑계고, 심각하게 고민하기 귀찮아서 대충 실용적인 걸로 통일한 것 아닐까.

아무튼 고민 끝에 결국은 어느 집에나 보편적으로 필요할 것 같은 디퓨저나 핸드워시 같은 것을 고르게 된다. 휴지는 좀 식상한 것 같고, 너무 특이한 걸 고르면 쓸데없는 짐이 될 확률도 높아지니 말이다. 사람마다 가치의 기준이 다르니, 어떤 선물은 택배 상자보다 덜 매력적인 캣타워 신세가 될 수도 있을 것이다.

이렇게 사람마다 틀린 게 아니라 다르다는 사실을 머리로는 알면서도 잘 체득되지 않을 때가 있다. 오랫동안 가지고 있던 생각이나 살아온 습관이 있으니 사람들을 만날 때 나와 다른 지점에 대해서 선뜻 이해하기는 어려운 부분이 있는 게 사실이다. 나도 30여 년을 살아오면서 알게 모르게 나와 다른 사람들에 대해 선입견이나 편견을 가지고 바라본 적도 적지 않을 것이다.

그런데 유튜브를 하면서 서로 다른 수많은 사람을 만나고, 각자의 가치관에 따라 꾸민 다양한 집을 보고, 이야기를 듣고 맞장구를 치고 공감하다 보니 나도 모르게 입버릇처럼 말하게 된 문장이 생겼다.

"그럴 수 있지."

이 말을 하도 자주 써서 습관이 된 탓에 얼마 전에는 오랜만에 만난 친구가 나와 대화를 나누다가 넌더리를 내면서 말했다.

"그놈의 '그럴 수 있지' 소리 좀 그만해라."

"음, 그럴 수 있지. 듣기 싫을 수 있어."

사실 이 '그럴 수 있지'는 낯선 사람과 초반의 대화를 이어나갈 때 필살기이기도 하다. 당연히 나와 같은 생각을 가진 사람보다 다른 생각을 가진 사람이 훨씬 많고, 그분들과 이야기를 하다 보면 '오, 그럴 수도 있겠다' 하고 당장 이해는 안 되더라도 공감은 하게 된다.

무엇보다 그렇게 만나는 모든 사람들과 적어도 두세 시간씩 대화를 이어나가다 보면, 잠시 그 사람의 세계에 발을 담겼다가 빠져나오는 듯한 느낌이 든다. 얼마 전에도 한창 촬영을 하다가 문득, 내가 스무살 이후로 이렇게 처음 보는 사람과 한 시간 이상 대화해본 적이 있었나 하는 생각이 들었다. 아무리 친한 친구라도 1 대 1로 술을 마실 때나 그 정도로 대화하고 아니면 연인쯤 돼야 이렇게 긴 대화를 나누는 것 같은데, 유튜브를 시작한 후로 그걸 많은 사람들과 하루에 한 번씩은 하고 있는 것이다. 성별이 같거나 나이대가 비슷해도 각자 생각하는 것은 천차만별이고 걱정이나 고민도 다르다. 세상에 이렇게 다양하고 또 서로 다른 사람이 있다는 걸 당연히 체감할 수밖에 없었다.

어떻게 보면 나름의 고집이 있고 이해하지 못하는 가치관에 대해 벽도 느꼈던 내가, 사람마다 틀린 게 아니라 '다르다'는 걸 진심으로 인정하게 된 건 유튜브를 시작한 덕분인 것 같다. 집을 만난다는 건 결국 사람을 만나는 일이고, 처음 들여다보는 그 낯선 세계에서 이해할 수 없는 새로운 사건을 마주치면 나는 또 고개를 끄덕일 준비를 한다. 음, 그럴 수 있지!

> **NOTE** 꼭 비싸거나 독특하거나 이상한 게 있는 집이 특별한 것이 아니라, 모두 다른 사람이 살고 있기 때문에 모든 집은 각자의 특별한 스토리를 가지게 된다.

돌이킬 수 없는 독립의 맛

룸메이트나 혈연과 살면 어떨까

기분 탓인지 모르겠는데, 설날이나 추석이 지나면 영상 조회수가 갑자기 늘어나는 경향이 있다. 가족과 친지들이 모여서 화목하고 즐거운 시간을 보내다가, 미래에 대한 과도한 관심과 지나친 사랑이 급격히 부담스러워져서 문득 독립을 준비하는 분들이 유입되는 게 아닌가 싶다. 사람 마음이라는 게 참, 혼자 있으면 외롭다가도 또 가족과 오래 있으면 혼자 있고 싶어진다. 떨어져 살면 애틋한데 만나면 또 그렇게 싸우는 거다.

집에서 독립은 하되, 형제나 자매가 함께 독립하게 되면 어떨까. 자취 콘텐츠 특성상 1인 가구가 대부분이긴 하지만, 의외로 혈연과 함께 사는 분들도 제법 있다. 아무래도 혼자서 원룸에 사는 것보다, 둘이서 돈을 합

처 살면 방을 따로 쓰면서 거실이 있는 투룸을 쓸 수 있게 된다는 것이 큰 메리트다. 아무래도 같은 집에서 같은 규칙에 뿌리를 두고 살았을 테니, 완전히 남이랑 사는 것보다는 익숙하기도 할 것 같다.

친구나 지인 같은 룸메이트 관계와 비교했을 때 혈연이 함께 사는 경우 가장 큰 차이점은 바로 서열이 존재한다는 점이다. 높은 확률로 먼저 태어난 사람이 자연스럽게 더 큰 방을 쓴다. 한 번은 구로디지털단지에서 쌍둥이 자매분들의 집에 방문했는데, 방 두 개짜리 10평대 집에서 역시나 언니 쪽이 더 큰 방을 쓰고 있다고 했다. 이 집은 특이하게도 현관에 들어가자마자 옷이 걸린 행거가 있었다. 따로 드레스룸이 없는 상황에서 방에 행거를 두자니, 서로 각자의 방 공간을 양보하기 싫어서 행거가 현관으로 나오게 되었다고 한다. 확실히 이해가 되는 상황이다. 혈연이란 그런 거 아닌가. 누구보다 서로의 편이지만, 근데 내 물건은 빌려주기 싫은 거.

"누구랑 같이 사는 건 어때요?"

"아무래도 누구랑 같이 산다는 건 불편하죠. 아무리 가족이어도."

"(저쪽에서 동생이 소리친다) 저도요!"

나도 기숙사 생활을 해서 룸메이트와 지내본 적은 있었는데, 같이 사는 사람이 있으면 아무래도 신경 쓰이는 부분은 있다. 혼자 살 때와 비교했을 때 일단은 씻고 나서 태초의 상태 그대로 나올 수가 없다는 거…….
혼자 살면 화장실 문을 딱히 의식하지 않아도 되는데, 문에 의미 부여를 해야 하는 것 자체가 비교적 불편한 점이랄까. 그리고 아무래도 생활 패턴이 다를 수 있기 때문에, 동거인과 아무리 가깝고 친해도 서로 잠자는 시간이 다르면 약간은 삐거덕거리는 부분이 생길 수밖에 없다.

하지만 물론 좋은 점도 있을 것이다. 일단 배달음식을 시킬 때 2인 기준으로 시켜도 남기지 않고 먹을 수 있다는 건 아주 큰 장점이다. 밤에 갑자기 야식이 땡겨도 어차피 다 못 먹을 걸 알아서 왠지 아까운 마음에 망설인 적이 한두 번이 아니다. 그 외에도 독립에 어쩔 수 없이 따라오는 외로움을 나눌 수 있다는 점이나, 무엇보다 지출을 절반 가까이 줄일 수 있다는 점도 빼놓을 수 없는 장점이 아닐까. 둘이 산다고 해서 고정 지출이나 생활비가 딱 절반으로 떨어지는 것은 아니지만, 그래도 꽤 절약할 수 있는 건 사실이고 같은 비용으로 조금은 더 넓은 공간이나 여건을 누릴 수 있게 된다.

나도 형이 있기는 한데, 둘 다 본가에서 나와서 한번 독립하고 나니까 다시 같이 사는 건 잘 상상이 되지 않는다. 아무래도 혼자 살다 보면 자신만의 스타일이 고착되니까 다시 누군가랑 사는 게 쉽지는 않을 것 같다. 정말 간혹, 다시 본가로 들어가고 싶어하는 분도 있긴 있었다. 그럴 수 있다. 솔향이 나는 음료를 좋아하는 사람들이 있으니까 계속 나오는 것처럼……(취존합니다).

나만의 공간, 나만의 동굴

사람에게는 누구나 자신만의 동굴이 필요하다고 한다. 심지어 집에서 키우는 강아지나 고양이에게도 그들만의 작은 집이 필요하다고 들었다. 어차피 이 집이 다 강아지나 고양이의 것인데 왜 따로 집이 필요한가 했더니, 아무리 그래도 내 몸 하나 쏙 들어갈 만한 안정적인 공간이 없으면 운동장 한가운데에 우뚝 서 있는 것 같은 왠지 모를 불안정감을 느낄 수 있다는 것이다. 그래서 아이들도 집안에 박스나 텐트 같은 걸 놓고 자기만의 공간을 확보하고 싶어 하는 모양이다. 어떻게 보면 자신만의 공간을 찾아서 독립하는 게 인간의 본능인지도 모르겠다.

그렇지만 내게 방이 생긴 건 내가 스물넷이 되었을 때였다. 혼자 방을 쓰던 형이 결혼해서 집을 나가면서 내가 그 방을 물려받게 되었기 때문이다. 그전까지 나는 거실에서 잠을 잤는데, 막상 내 방이 생기고 나서도 별다른 감흥은 없었다. 아직 형의 물건들도 그대로 많이 남아 있고, 부모님도 자주 들락거리니까 '내 방'이라는 느낌이 새삼스럽게 들지는 않았던 것 같다. 그러니까 그때까지만 해도 나는 내 방이 없었을 뿐만 아니라 내 방이 필요하다는 생각도 딱히 해본 적이 없었다. 내가 내 공간을 가져본 적이 있다면 해리포터의 계단 밑 벽장이라도 소중한 공간이라고 생각했을 텐데, 어릴 때는 나만의 공간에 대한 로망을 품기보다는 변신로봇에 더 관심이 많았다.

어떤 스피치 강의 채널에서 사람들과 대화할 때 나의 화법이 거의 리액션의 정석이라고 말하기도 하던데, 아마 어릴 때부터 길러진 '눈치' 덕분인 것 같다. 집에서 둘째라서 그런지 누가 눈치를 주지 않아도 본능적으로 눈치를 보는 게 몸에 좀 배어 있다. 지금 생각해보면 혼자 틀어박힐 만한 공간이 없으니 항상 주변을 살피는 게 그냥 생존을 위한 본능 같은 게 아니었나 싶다. 아니면 형이 공부를 잘해서일 수도 있고.

아무튼 사람이 참 웃긴 게, 가져본 적이 없을 때는 가지고 싶은 줄 모른다. 무슨 연구 결과에 따르면 SNS를 많이 사용할수록 행복도가 낮다는데, 다른 사람들과 비교를 하게 돼서 그렇다고 한다. 나도 몰랐을 때는 아무렇지도 않았는데, 막상 한번 독립하고 나니까 내 방, 내 집이 없었던 시절로는 돌아갈 수 없을 것 같다. 독립 후 완전히 나만의 공간이 생기고 나니 나무 뒤에 몸을 숨기던 초식동물에서 호랑이 굴의 호랑이가 된 것 같은 묘한 해방감이 밀려들었다. 내가 고른 주방 세제로 설거지를 하고, 샤워 후에 제대로 몸도 안 말리고 나오고, 냉장고에 내 맥주를 채워 넣는 그 모든 행위가 여기가 바로 나만의 동굴, 나만의 집이라는 사실을 알려주는 것 같았다.

MBTI 검사 결과에서 E 성향을 가진 사람은 외부에서 에너지를 얻고 I 성향을 가진 사람은 혼자 있을 때 내면에서 에너지를 얻는다고 한다. 나는 확실히 E 성향에 가까워서인지 사람들을 만날 때 즐겁고 충전도 된다. 하지만 누구에게나 혼자서 자신에게 집중하는 시간은 필요한 것 같다. 잠깐씩이라도, 사람들과 있을 때 빠르게 스쳐갔던 생각이나 감각을 다시 붙잡고 집중하는 시간을 가져야 내가 나에 대해서 더 잘 알 수 있게 된다. 나만의 공간, 나만의 동굴에서는 혼자 춤추고 노래 불러도 뭐라 할 사람이 없다는 건 덤이다.

NOTE 자신만의 공간을 찾아서 독립하는 게 인간의 본능인지도 모르겠다.

나를 돌보고 키우는 일

홀로서기

회사를 다니면서 유튜브를 병행하다가 작년에 회사를 그만두게 되었다. 내가 회사를 그만두는 날이 올 줄이야. 좋으면서도 묘한 기분이었고, 그러면서도 또 설레고 홀가분하기도 했다. 사실 회사도 나름대로 열정을 가지고 열심히 다녔지만, 모든 직장인들이 비슷한 마음 아닐까. 아침에 일어나서 출근하는 눈꺼풀이 무겁고, 종일 일을 하다가 퇴근하는 발걸음이 무거운 일상이 매일 반복되는 것에 때때로 지치는 건 어쩔 수 없을 것이다.

그래서 퇴사를 하면 이 세상의 모든 굴레와 속박을 벗어던진 것처럼 마냥 행복하고 속이 시원할 줄 알았다. 만약 이직을 위한 퇴사였다면 사회 초년생 때처럼 기대 반 걱정 반의 익숙한 감정을 느꼈을 것 같은데, 직장을 다니다가 이제는 완전히 프리랜서 시장으로 나왔다는 건 또 전혀 다른 느낌이었다. 지금까지는 누군가 "무슨 일 하세요?" 하고 물어봤을 때 회사의 이름과 그 안에서의 직급이 나의 타이틀이었는데, 이제는 소속 없는 개인이 되었다. 사실 처음에는 잘 실감이 안 났다. 내가 백수가 됐다는 사실이! 물론 유튜브를 업으로 삼고 있지만, 아직도 유튜브를 한다는 말을 밖에서 하기가 쉽지 않다. 이유는 모르겠는데 그냥 그렇다.

집에 와서 잘 준비를 하는데, 세상과 이어져 있던 끈이 끊어지고 세상에 혼자 둥둥 떠 있는 것 같은 기분이 들었다. 이제 내게 주어진 규칙이 없으니 마냥 자유로우면서도 조금은 불안했다. 회사를 그만둔 것과 가족이 살던 집에서 나와 혼자 살기 시작하는 것은 어쩌면 독립이라는 측면에서 비슷했다. 울타리 안에 있을 때는 조금 답답해도 안전했지만, 그 바깥에 나오면 날 대신해주거나 지켜줄 것이 없는 만큼 혼자서 모든 걸 헤쳐나가야 하는 묵직한 책임감이 따른다.

직장에서의 독립, 그리고 스스로를 먹여 살리는 독립을 통해서 진짜 홀로서기를 시작하게 된 기분이었다. 이제 이 집에서 내가 어떻게 살아갈지, 어디로 나아갈지, 어디까지를 내 세상으로 넓혀갈지는 나에게 달렸다. 무리에서 나와서 동굴에서 혼자 사냥을 시작하는 어린 사자가 이런 기분일까?

일단 퇴사의 좋은 점은 나를 위해 쓸 수 있는 시간이 정말 많아졌다는 점이었다. 회사를 다닐 때는 하루 10시간에서 11시간을 출퇴근과 회사에 쏟았는데, 퇴사 후에도 유튜브를 하고 있기는 했지만 그래도 끼니 때 요리 정도는 해먹을 수 있는 시간이 생겼다. 예전에는 집에서 일주일 동안 한 끼도 안 먹은 적도 많았던 걸 생각해보면, 엄청난 일상의 여유가 주어진 셈이다.

대신에 넘칠 만큼 주어진 그 시간을 만끽할 만한 마음의 여유는 없었다. 정신적으로도, 경제적으로도, 일적으로도 모든 게 불안했다. 아침에 늦게 일어난다고 해서 뭐라고 하는 사람은 없지만 대신 통장 잔고는 내 스스로 책임져야 한다. 원하는 곳에서 어디서든 일을 할 수 있지만, 그건 반대로 어디에서나 일을 해야 한다는 뜻이기도 했다. 돈을 벌든 못 벌든 숨만 쉬어도 고정 지출은 나가고 있으니 부지런히 움직이는 수밖에 없다. 때가 되면 어김없이 통장에 월급이 꽂히던 직장인 시절과 달리, 자유롭지만 돈을 안 벌면 굶어 죽는 것이다.

나를 보호해주는 울타리 없는 바깥 세상에 우뚝 서 있는 것 같아 두

렵지 않다면 거짓말이겠지만, 그래도 내가 하고 싶은 일이 있다는 건 이 넓은 세상에서 다양한 가능성을 찾아낼 여지가 있다는 뜻일 것이다. 나는 사람에게 동기 부여를 해주는 중요한 요소 중 하나가 바로 결핍이라고 생각한다. 퇴사 후 정기적인 수입이 사라졌다는 사실이 지금은 나를 더 열심히 달리게 하는 동력이 되고 있다.

자존감을 지켜주는 작은 사치

퇴사를 했지만 회사 밖에서도 일하는 총량이나 일에 대한 열정은 비슷했다. 아니, 오히려 열정과 절박함은 더 컸다. 그래도 회사 밖에서 일을 할 수 있다는 것 자체가 감사한 기회이기 때문에 워라밸을 포기하더라도 일을 더 열심히 하고 싶었다. 실제로 이전 원룸에 살 때는 테이블에서 일하다가 바로 옆에 있는 침대로 굴러가서 잠들고 그랬다.

내 우선순위에서 일의 비중이 너무 크고 바쁘니까, 먹고 사는 일상적인 일들부터 쉽게 생략하게 됐다. 제일 쉽게 줄일 수 있는 시간이 먹는 시간이었다. 사실 자취 초반에도 일하면서 밥까지 챙겨 먹기가 힘들어 거의 생존을 위해 간단하게 먹을 때가 많았다. 밥을 먹으면 설거지까지

패키지로 해야 한다는 것도 문제였다. 그래서 햇반을 돌려서 그 뚜껑 비닐에 김치나 마른 반찬 몇 가지를 올려놓고 먹는 식이었다.

　그런데 어느덧 서른이 넘고, 문득 혼자 살면서 내가 먹고 사는 모습을 들여다보니 이건 아무래도 나를 너무 홀대하는 것 같은 느낌이 들었다. 내가 내 집에 친구를 초대해도 이렇게 대접하지는 않을 텐데……. 거울 속의 내가 나를 사랑하지 않는 모습이었다. 자취, 먹고 사는 일이 간편한 것도 중요하지만 나를 조금 더 보살펴야 하지 않을까.

　물 한 잔을 먹어도 머그잔에 따라 먹고, 빵 한 조각을 먹어도 예쁜 접시에 올려 먹는 게 사실 번거롭기도 하고, 예쁜 컵받침이 대체 무슨 의미가 있나 하는 극강의 실용주의자로서의 의구심이 들기도 한다. 아무도 안 보는데도 왠지 보여주기 식인 것 같아서 괜히 민망한 것도 사실이다. 그런데 한편으로는 그게 나만이 아는 공간에서 내가 나를 돌보고 사랑하는 방식 중 하나일 수 있겠다는 생각이 들었다. 결과적으로 내 기분이 좋으면 된 것이 아닌가!

　예전에는 포크와 나이프 같은 식기류를 비싼 브랜드에서 사는 것도 이해가 안 됐다. 그런데 그런 걸 집들이 선물로 받았을 때 기분이 좋다는 건, 결국 이 예쁘고 통일된 식기류가 나의 식사 시간을 조금 더 고급진 분위기로 만들어준다는 뜻일 것이다.

특히 내가 불필요하다고 생각했던 물건 중에서 생각이 바뀌게 된 것 중의 하나가 샤워 가운이다. 혼자 사는데, 솔직히 샤워하고 나서 그냥 벗고 나와도 되는데 굳이 샤워 가운이 필요할 리가? 내 돈 주고 사기는 정말 아까운 물건 중의 하나라고 생각했는데 막상 써보니 이게 묘하게 사람에게 좀 성취감 비슷한 기분을 안겨준다. 샤워하고 물론 맨몸으로 나와도 되지만, 샤워 가운을 입고 나와서 맥주라도 한잔하면 괜히 내가 좀 잘 살고 있는 것 같고, 스스로를 굉장히 귀하게 여기고 있는 것 같은 기분이 든달까? 물론 허세인 건 잘 알지만 혼자 허세 좀 부리면 뭐 어떤가!

사실 유튜브를 하면서 감사하고 행복한 순간들이 훨씬 많았지만, 가끔은 악플에 상처도 받고 자존감이 떨어질 때도 있었다. 그럴 때 의외로 '꼭 필요하지는 않지만 있으면 기분 좋은' 아이템들이 내가 나를 사랑하도록 도와주고, 자존감을 올리는 데 힘이 되어주는 부분이 있었다.

혼자 살다 보면 오히려 나 자신에 대해서 조금은 소홀해지기 쉽다. 건강도 좀 덜 챙기고, 정신건강은 더 못 챙길 수도 있다. 우리 혼자 사는 자취인들은 그럴수록 오히려 나 자신에게 시간과 마음을 쓰기 위해 일부러라도 의식했으면 좋겠다. 특히나 현실에 치이고 자존감이 떨어지는 어떤 날에, 나부터 나를 소소하게 챙겨주고 다독여주는 애정을 보여주는 게 의외로 기분 전환에 큰 도움이 된다. 나를 위한 불필요하고 사소한 허례허식도 쓸데없는 일이 아니라 나를 소중히 대접하는 데에 꼭 필요한 사치일 수 있다.

NOTE 혼자 사는 자취인들은 오히려 나 자신에게 시간과 마음을 쓰기 위해 일부러라도 의식했으면 좋겠다.

샤워하고
옷 입고 나오기 *VS* 벗고 나오기

입고 나온다 24%	벗고 나온다 76%

샤워하고 맨몸으로 나온다는 답변이 76%로 더 많았지만, 샤워하고 옷을 입고 나오는 비율도 24%나 된다는 게 정말 신기했다. 샤워하고 바로 옷을 입으면 아무래도 몸이 아직 축축해서 옷이 달라붙는 게 불편하니까 맨몸으로 나오게 되는데, 의외로 입는 게 습관화된 분들도 많은 모양이다. 그냥 나오면 추워서 옷을 입는다는 분들도 있고,

기억에 남는 댓글 중에는 '씻고 나오다가 혹시나 미끄러져서 다쳤을 때 알몸인 것보다 입고 있는 게 덜 창피하니까' 옷을 입고 나온다는 분도 있었다. 그건 또 그러네요……?

개인적으로 자취가 좋은 이유 중 하나가 바로 이런 자유라고 생각한다. 가족과 살면 대부분 입고 나와야 할 텐데, 어쨌든 입고 나오든 벗고 나오든 둘 중 하나를 '선택'할 수 있다는 게 큰 장점이 아닌가 싶다. 특히 잠잘 때 잠옷을 챙겨 입는 사람들도 있지만 거의 자연인의 몸으로 자는 게 편한 사람들도 있는데, 그런 경우엔 자기 전에 샤워하고 나서 굳이 뭘 챙겨 입지 않아도 되니 아주 홀가분한 여건이 아닌가. 창문 닫고 커튼만 잘 치면 된다.

그리고 댓글을 보니 의외로 우세했던 선택지가 '샤워 가운'이었다. 샤워하고 대충 닦아낸 후 샤워 가운을 입고 나오면 축축한 몸으로 옷 입을 필요도 없고, 춥지도 않고, 게다가 기분도 좋다는 것이다. 나는 샤워 가운을 거의 허세용으로만 쓰고 있었는데 일상적인 삶의 질을 매우 높여주는 아이템이었다는 걸 새삼 깨닫게 된다. 그런데 샤워 가운은 얼마나 쓰고 한 번씩 빨아야 할까? 댓글의 추세는 한 1~2주에 한 번 정도 수건과 함께 빠는 분들이 많은 것 같다. 쓸 때마다 빨아야 한다고 생각해서 부담스러웠던 분들은 한번 도전해보아도 좋겠다.

한편 경쟁 채널인 '유부남'을 보니까 부부끼리는 벗고 나오는 경우도 많다고 한다. 그건 또 다른 챕터로군요…….

KI신서 10276

자취의 맛

1판 1쇄 인쇄 2022년 5월 23일
1판 1쇄 발행 2022년 6월 8일

지은이 자취남(정성권)
펴낸이 김영곤
펴낸곳 (주)북이십일 21세기북스

인문기획팀장 양으녕 책임편집 이지연
디자인 엘리펀트스위밍 교정교열 박은지
출판마케팅영업본부장 민안기
출판영업팀 이광호 최명열
마케팅1팀 배상현 한경화 김신우 이보라
e-커머스팀 장철용 김다운
제작팀 이영민 권경민

출판등록 2000년 5월 6일 제406-2003-061호
주소 (10881) 경기도 파주시 회동길 201 (문발동)
대표전화 031-955-2100 팩스 031-955-2151 이메일 book21@book21.co.kr

(주)북이십일 경계를 허무는 콘텐츠 리더

21세기북스 채널에서 도서 정보와 다양한 영상자료, 이벤트를 만나세요!
페이스북 facebook.com/jiinpill21 **포스트** post.naver.com/21c_editors
인스타그램 instagram.com/jiinpill21 **홈페이지** www.book21.com
유튜브 youtube.com/book21pub

당신의 일상을 빛내줄 내숨 탐나는 탐구 생활 <탐탐>
21세기북스 채널에서 취미생활자들을 위한 유익한 정보를 만나보세요!

© 정성권, 2022
ISBN 978-89-509-0295-7 03810

· 책값은 뒤표지에 있습니다.
· 이 책 내용의 일부 또는 전부를 재사용하려면 반드시 (주)북이십일의 동의를 얻어야 합니다.
· 잘못 만들어진 책은 구입하신 서점에서 교환해드립니다.